世界の片隅で、そっと恋が息をする

丸井とまと

双葉文庫
パステルNOVEL

「#そっ恋」をつけて、
お気に入りのエピソードや感想を写真とともに、
SNSで投稿してみてください。

『オトトモジ』とは——

「音楽を読んでみた、小説を聴いてみた」をテーマに
小説の世界観を題材に音楽を制作するプロジェクトです。

本作をもとに書きおろされた
in sea hole『予鈴』を聴いて作品の世界観に浸ろう！

●視聴方法　楽曲の聴取はスマートフォンで
本コンテンツの二次元コードを読み込み、
画面の指示に従ってお楽しみください。
※ Wi-Fi 等での聴取をお勧めします。
※主要音楽配信サービスからご利用いただけます。

※注意：本コンテンツは、予告なく内容変更および中断する可能性があります。利用に際し、端末不良・故障・不具合および体調不良などが発生したとしても、そのすべての責任を弊社は負いません。すべて自己責任で聴取してください。

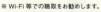

目次

北原くんへ

今日は私たちが付き合って一ヶ月記念だよ。

あっという間だね。北原くんは、この一ヶ月どうだった?

私たちの始まりは両想いでもなんでもなく、恋人ごっこ。

今思うと、おかしな始まりだったよね。あのときは、驚かせてごめん。

いつのまにか私の中で、北原くんの存在が大きくなって、
とても大切な人になっていました。

ねぇ、北原くん。
私に恋を教えてくれて、ありがとう。

第一章　恋人ごっこ

水色の封筒を持って、北原とネームプレートがついたロッカーの前に立つ。

上手くいくだろうか。もしも失敗したら、別の計画を立てなければいけない。

不安と緊張で手放せずにいたせいで、水色の封筒はしわくちゃになっていた。

廊下の方から男子たちの話し声と複数の足音が聞こえて、肩が跳《は》ねる。

「今日バイト？」

「先週で辞めた」

北原くんの声だ。私は慌てて手紙をロッカーの下の隙間から押し込んだ。

このままだと鉢合わせてしまう。ロッカーはクラスごとに整列しているので、隣のクラスのロッカーの列に逃げ込んだ。なにかを探すふりをして鞄《かばん》を開き、顔が見えないようにうつむく。

息を殺しながら、彼らの会話に耳を傾けた。

「マジ？　じゃあ、今日どっか寄ってく？」

「んー、どうしよっかな」

ロッカーを開く音がして、心臓が痛いほど大きく鼓動を繰り返す。

「……なんだこれ」

きっと今、私の手紙に気づいたはずだ。あとは彼の答えを待つだけ。

どうか彼が来てくれますようにと願って、私はなるべく足音を立てないように教室へ戻った。

【北原深雪《きたはらみゆき》くんへ
大事なお話があります。今日の放課後、教室で待っています。
望月椿《もちづきつばき》】

放課後の教室は静まり返っている。クラスメイトたちは全員下校していて、電気も消されていた。私は窓際に立って、青空を眺めながら心を落ち着かせる。

上履きが床に擦《す》れる音がして振り返ると、ドアの前に男子が立っていた。

少し長めの黒い前髪の隙間から、奥二重の目がこちらを見ている。そして、戸惑った様子で薄く口を開いた。

「これ」

しわくちゃになった水色の封筒を、北原くんは私に見せてくる。本当に自分宛で間違いないのかと確認しているようだった。

「手紙読んでくれたんだね。来てくれてありがとう」

微笑むと、北原くんの顔が強張っていく。

これから話す内容にはそぐわない表情と空気だった。困ったなと思いつつ、私は彼に歩み寄っていく。

「引き返させちゃってごめんね。時間大丈夫？」

「……平気だけど」

どうしたら彼の警戒心をゆるめることができるのだろう。遠回しに話すのは逆効果なような気がしたので、すぐに本題に入る。

「どうしても北原くんとふたりで話がしたかったんだ」

「話って？」

返してくれる言葉は淡々としていてそっけなく感じる。

「私と」

やっぱり緊張する。たとえ普通の告白とは違っていても、簡単に言えることではない。

「付き合ってください」

眉根を寄せた北原くんは、周囲を見回した。私たち以外誰もいないのに、なにかを疑っているみたいだった。

「罰ゲーム？」

「違うよ」

「だって、俺ら一度も話したことないだろ」

彼の言うとおり、私たちは約一年同じクラスにいたけれど、会話をしたことがなかった。席も近くになったことがなければ、グループも違う。

北原くんは行事ごとでも特に目立った言動をすることなく、無気力に見える。そのため以前は少し近寄りがたく思っていた。

「でも、これから話して知っていけばいいと思うんだ」

「なんで俺なの？」

裏があるのではないかと怪しむように私を見ている。北原くんじゃないといけないわけじゃない。だけど、北原くんなら私の理想の彼氏になってくれるかもしれない。

彼に告白をしたのは、それだけの理由だった。

「〝彼女がほしい〟って話してたでしょ」

北原くんは気まずそうに視線をそらす。

「あれは、その場のノリで言っただけだって」

彼らの会話を聞いたのは偶然だった。クラスの男子数名が、来月のクリスマスのことを話していて、その中に北原くんがいた。

「彼女ほしいよな」

何気ない彼の一言が、私にとっては興味を惹かれるものだった。

切実な願いには思えなかったので、その場のノリというのは間違いないのだろう。けれど、口に出すということは少なからず、北原くんも恋人がほしいと思っているに違いない。

それにはっきりと無理だと断られていない。もうひと押しだ。

「北原くんは、好きな人いるの？」

「……いないけど」

「よかった」

私は北原くんとの距離を詰めて、顔を覗《のぞ》き込むように微笑む。

「北原くん、私の彼氏になってください！」

「いや、だから」

「期限はクリスマスが終わるまでの一ヶ月でどうかな」

「は？」

ぽかんと口を開けて硬直している。期間限定の交際を申し込まれるなんて、予想外だったみたいだ。

「だって、友達はみんな彼氏がいるから寂しくって。それに、私も一度くらい彼氏とクリスマスを過ごしてみたかったんだよね」

「それなら尚更、好きな人と付き合った方がいいだろ」

「お願い！　一ヶ月だけでいいから！」

渋る北原くんに、私は顔の前で両手を合わせる。

「クリスマスが終わったら、ちゃんと別れる！　約束するよ！」

じっと見つめていると、私の勢いに押されたのか、渋々といった様子で頷いた。

「……一ヶ月だけなら」

その言葉を聞いて、ほっと胸を撫で下ろす。その直後、視界がぐらりと揺れる感覚がして、床に座り込んだ。

「え、大丈夫？」

フラッシュがたかれたように目がチカチカとして、軽い吐き気がする。深く息を吸って吐いてを繰り返していると、少しずつ吐き気がおさまってきた。

「保健室行く？　あ、でも立つのも辛いか……それか先生呼んでくる？」

目の前にしゃがんだ北原くんが狼狽《うろた》えているのがわかって、私は誤魔化すように口角を上げる。

「大丈夫だよ。すごく緊張してたから、力が抜けちゃって」

「大袈裟《おおげさ》だと思うけど」

「だって、初めての告白だったんだよ」

「けど、本気の告白じゃないだろ」

北原くんは呆《あき》れたように言いながらも、どこか困った表情を浮かべている。

恋心が含まれていない告白でも、付き合ってほしいと口に出すのは勇気が必要だったのは本当だ。

「でも北原くんに告白してよかったなぁ」

「……なんで」

「押しに弱いから」

冗談交じりに言うと、北原くんは力が抜けたようにため息をついた。

少し話しただけで彼がどんな人なのか伝わってくる。無気力で淡々としているように見えるけれど、案外思っていることが顔に出やすいようだ。

「心配して損した」

それに私が座り込んだとき、北原くんは本気で心配して声をかけてくれた。

たぶん、北原くんは優しい人。

「付き合ってくれて、ありがとう。これからよろしくね」

手を伸ばせば、北原くんも手を伸ばしてくれる。けれど、指先を微《かす》かに触れただけだった。握手とは言えないほど、ぎこちない。

でも、私たちの距離はこのくらいでいいのかもしれない。

靴を履き替えてふたりで学校を出た頃には、日が傾き始めていた。

信号待ちをしているときに、夕焼けをスマホのカメラで撮影していると北原くんが不思議そうに私を見た。きっとなんで撮っているのかと疑問を抱いたのだろう。

「今日の記念に撮ってるの」

同じ日なんて二度とこないから、私は毎日を撮影して、記録を残している。振り返ったとき、懐かしい気持ちになれるし、私にとってこれは……。

「そうだ！　足元も撮っていい？」

「え、足？」

「顔写すのは嫌でしょ？」

「……どっちでもいいけど、ポーズとかはとらない」

遠慮して足元と言ってみたけれど、意外にも顔を写す許可をもらえたので、私は夕焼けと北原くんの横顔を撮る。けれど、ちょうど信号が青に変わったので、北原くんが歩き出してブレてしまった。

でもまあ、これもいい思い出かもしれない。

北原くんの背中を追いかけて、再び隣に並ぶ。男の子って、普段どういう会話をしているんだろう。趣味を聞いたら答えてくれるかな。でもまだ色々聞くには早いかもしれない。

頬を撫でる冷たい空気に身震いしながら、隣を歩く彼を見やる。

「北原くん、コート着てないの？ 寒くない？」

もう十一月なのに、北原くんはブレザーを着ているだけ。マフラーも巻いていないので、首元も寒そうだった。

「まだギリギリいける」

「コート着た方があったかいのに」

「重いから嫌なんだよ」

ブレザーのポケットに手を入れて、どうにか寒さを凌いでいるみたいだ。

北原くんの前に回り込むと、少し驚いた様子で足を止める。私は首に巻いていた白いマフラーをとって、北原くんの首に巻いた。

「貸してあげる」

「いいって。望月が寒くなるだろ」

「私はコートがあってあったかいから平気」

私たちを包み込むように冬の冷たい風が笛のような音を立てて吹く。すると、北原くんの前髪が持ち上がった。

露わになった彼の瞳に息をのむ。いつも長めの前髪に隠れて北原くんの目元は見えづらかったため、初めて彼の瞳は色素が薄いことを知った。

綺麗な目。もう少し前髪を短くしたらいいのに。

「ねえ、北原くん。手でも繋ぐ?」

手のひらを北原くんに差し出すと、彼は面倒くさそうに首を横に振った。

「せっかく付き合ったんだし、恋人っぽいことしてみたくない?」

「……遠慮しておく」

ばっさりと断られてしまって、行き場のない私の手は北原くんに巻いたマフラーに伸びる。ちょっとだけきつく巻き直すと、「苦しいって!」と叱られてしまった。

一ヶ月だけの恋人ごっこ。あっという間に別れがくる。だから、ほどよい距離感がいい。

それでも、ほんの少しだけ彼のことを知りたくなってしまった。


翌朝、私は登校してすぐに北原くんの姿を探した。けれど、彼はまだ来ていないらしい。いつもどのくらいの時間に登校するのかさえ知らない。

ブレザーのポケットに入れていたスマホを取り出して、メッセージを確認してみる。

【おはよう。マフラー持ってきてね】と朝一番に送ったのに、返事がまだ来ていない。

クラスの子たちとお喋りをしていると、北原くんが登校してきた。寒さのせいか、頬と鼻の頭がほんのりと赤く染まっている。昨日貸したマフラーは、今朝は巻かれていなかった。

目が合ったので軽く手を振ると、すぐに視線をそらされた。

北原くんは付き合ったことを周りに隠すつもりのようだ。それにしても挨拶くらい返してくれたっていいのにと思う。

北原くんが廊下に出ていくのを見て、私は友人たちの輪から抜けて追いかける。

「おはよう、北原くん」

声をかけると、振り返った北原くんは口をぽかんと開けて数秒硬直した。

「昨日、貸したマフラーは持ってきてくれた？」

「持ってきたけど、それより誰かに聞かれたら……」

だから廊下で話しかけたのに、北原くんとしては昼間に話しかけること自体避けたいようだった。

一ヶ月で終わる関係だから、周りに知られたら面倒だと思っているのは理解できるし、私もなるべく北原くんに迷惑をかけたくない。

「これからは、放課後だけにするね」

ちょっと浮かれすぎたかもしれないと反省していると、背後から「マジで？」と声がして振り返る。教室から同じクラスの坂本くんが顔を覗かせていた。北原くんとよく一緒にいる人だ。

「え、もしかして……ふたりってそういう感じ？」

坂本くんはかなり驚きながらも、「いつから付き合ってんの？」と確信を持った様子で聞いてくる。その声が届いたらしく、クラスの人たちの視線がこちらに向いた。

「ちょっと来て」

北原くんは気まずそうにして、私のシャツの袖を引っ張って廊下の端の方に連れていく。

「ごめんね、私の不注意で」

振り返った北原くんは不安げで、まるで悪さをして隠そうとしている子どものようだった。

「俺と付き合ってるって、クラスのやつらに知られて大丈夫なわけ？」

「私は大丈夫だけど」

「けど、一ヶ月だけ……」

話の途中で黙り込んだ北原くんを変に思って、私は彼の視線の先を辿る。

教室のドアの方には、私たちのことを見ているクラスメイト数名の姿。その中には、私が仲のいい女子もいる。

「私たちのこと、今日中にはみんなに広まっちゃいそうだね」

この時期というのもあって、他のクラスでも付き合い始めた人が増えていたので、ここまで注目されるとは思っていなかった。

「俺はまだ心の準備ができてないんだけど」

「心の準備なんて必要？」

「根掘り葉掘り聞かれるだろうし」

言われてみればそうかもしれない。私たちは細かい打ち合わせをしていなかった。

クリスマスに独り身は寂しくて付き合っただと味気ないし、七緒《なお》ちゃんは怒るだろうな。そんな理由で付き合い始めたの？　と言う姿が想像できる。

「私が四月からずっと北原くんに片想いをしていて、昨日告白して付き合うことになったってことにしよ」

「……それ、現実味なくない？」

「そんなことないって！　じゃあ、そういうことで！」

大雑把だなと北原くんの呟きが聞こえてきたけれど、私たちはざっくりとした打ち合わせを終えて教室に戻る。

それぞれのグループの輪の中に行くと、予想通り質問攻めが始まった。

打ち合わせしたとおりに話すと、友人たちは興奮気味に声を上げる。

「嘘～！　全然そんな素振りなかったから、気づかなかった！」

「えー！　おめでと～！」

祝福の言葉を向けられる中、ひとりだけ複雑そうな人がいた。高校に入って最初に友達になった七緒ちゃんだ。

七緒ちゃんは金髪ショートで派手な外見をしているけれど、性格は真面目。特に恋愛面については、本気で好きになった人と付き合いたいと言っていた。

「クリスマスムードに引きずられて付き合ったとかじゃないよね？」

顎に手を添えて、私の本心を探るような眼差しを向けてくる。

今まで北原くんの話をしたことがなかったので、怪しまれているみたいだ。

周りの子は冗談だと思って笑っているけれど、七緒ちゃんの表情からは本気で聞いているのがわかる。

やっぱりその設定にしなくてよかったと、七緒ちゃんの様子を見て、胸を撫で下ろす。

「ずっと片想いしてたんだけど、恥ずかしくて言えなかったんだ」

照れくさそうに言うと、周りの子たちが自分のことのように恥ずかしがって「きゃー！」と叫ぶ。

「椿が、本気で好きで付き合うならいいんだけど」

七緒ちゃんは一応納得してくれたようで、それ以上は聞いてこなかった。

「ね、いつ告白したの？」

「てか、なんて告った？」

矢継ぎ早に質問をされる。私は昨日の放課後のことを思い出しながら、一ヶ月だけというのを隠して、北原くんに私から告白をしたときのことを話した。


三限目が終わった頃に北原くんからメッセージが届いた。

【昼飯、一緒に食べられる？】

彼の方から誘ってくれるのは意外だ。

【いいよ！ どこで食べる？】

朝は付き合っていることを隠そうとしていたのに、この一ヶ月を満喫することにしたのかと思ったけれど、次のメッセージを見て、首を傾げる。

【人がいない場所ならどこでもいい】

【ふたりきりになりたいってこと？】

【この関係について、ちゃんと話しておきたい】

私の冗談は受け流されてしまった。画面越しなのに彼が呆れている姿が浮かんでくる。

人がいない場所で思いつくのは、手芸部の部室だった。あそこなら誰も来ない。私は四階にある手芸部の部室で会おうとメッセージを送った。

昼休みになると、七緒ちゃんたちに断りを入れて、私は手芸部に向かう。私たち一年生の教室がある四階の端から二番目の教室が手芸部の部室として使われていた。部室の鍵は壊れているため、いつでも自由に出入りができる。それに私を含めてみんな幽霊部員で、使う人なんてほとんどいない。

丸い窓がついたドアを開けると、白い長机が部屋の中心に置いてある。椅子は向かい合うように二脚ずつ並んでいて、教室で使っているのと同じ木製のものだ。背板が一部割れていたり、色が黒ずんでいるので、教室で使わなくなった古い椅子をもらってきたのだろう。

壁際の灰色のキャビネットの隣には古い机があり、その上には小さな水槽が置いてある。中には二匹の金魚がいた。一匹は全身真っ赤で、もう一匹は同じように体は赤いけれど尾っぽが白っぽい。

「……よかった」

元気そうな金魚の姿に表情がゆるむ。

餌やりは毎日顧問の先生がしてくれている。けれど、ここはあまり人が出入りしないため、金魚たちが生きているか時々心配になってしまう。

スマホを取り出して、今日の写真を撮る。ちょうど二匹が横に並んでいるところが撮れた。

水槽に指先を伸ばすと、金魚は尾ひれを優雅になびかせて、水草の中へと消えていく。ドアが開く音がして視線を向ける。

「悪い、遅れた」

急いで来てくれたのか、少し髪が乱れていた。私の前まで来ると、北原くんは青い袋を差し出してくる。袋の隙間から白い毛糸が見えた。

「これ、昨日のマフラー。ありがとう」

「どういたしまして」

長机にコンビニ袋を置くと、北原くんは近くにある椅子に座った。そしてぐるりと部室の中を見回す。

「望月って、手芸部だったんだ」

「うん。活動はほとんどしたことないけど」

私は北原くんの目の前に座って、お母さんが作ってくれたおにぎりをひとつミニトートバッグの中から取り出した。今日はなにおにぎりかなとワクワクしながら、ラップをめくっていく。

「え、それなのに部室使って大丈夫？」

「大丈夫大丈夫～」

「……本当かよ」

心配性な北原くんに、手芸部は幽霊部員しかいないと説明をする。

三月に三年生が卒業するまでは活動していたらしいけれど、今は二年生四人と一年生の私だけ。他の部員と顔を合わせたことすらないのだ。

「部活って義務じゃないのに、わざわざ入る意味ある？」

「この子たちのこと、気に入ったから」

私の視線の先を辿って金魚を見ると、北原くんは興味なさそうに軽く頷いた。

おにぎりをひと口食べる。塩気がきいていて美味しい。今日の具は梅干しだ。

「私ね、小さい頃は金魚を飼いたかったんだ」

「うちは昔、姉が飼ってたよ。お祭りですくってきたやつ」

「いいなぁ」

「好きなら今からでも飼ってみたらいいじゃん」

私は苦笑しながら首を横に振る。

「お世話とか大変でしょ。水をこまめに替えたり、餌をあげたり、家族にも迷惑がかかりそうだから、こうしてここで見て満足してるの」

私は責任を持って最後までお世話ができない。

もしも飼いたいと言ったら、お母さんやお父さんはダメとは言わないだろう。だけど、いずれふたりに迷惑をかけることになる。

「確かに。姉も途中で親が世話するようになって、怒られてたな」

北原くんのお昼ご飯は、レタスとチーズが挟まったサンドイッチがふたつだけらしい。男の子ってもっとたくさん食べると思っていた。それとも北原くんが少食なのだろうか。

「……なに？」

見つめすぎたせいか、戸惑わせてしまったみたいだ。その反応がちょっとかわいく見えて、頬がゆるむ。

「北原くんが、ふたりきりで会いたいって誘ってくれると思わなかったなぁって」

からかうように言うと、北原くんの眉間にぐっと皺《しわ》が寄る。怒らせちゃったかな。

「ただ話したいことがあっただけ。マフラーも返したかったし」

「話したいことって？」

サンドイッチを食べながら、北原くんは今日の出来事を歯切れ悪く話し始める。

友達から望月椿といつのまに仲良くなったんだとか、昨日の手紙はもしかしてラブレターだったのかとか。根掘り葉掘り私とのことを聞かれ続けてだいぶ疲弊《ひへい》していたらしい。

「俺と望月の接点って、同じクラスってことくらいだから、なんで急にって不思議がられるんだけど」

「一目惚れされたって言っていいよ」

「……ありえないだろ」

照れているのではなく、本気でそう思っているみたいだ。そんなことないのにと言ったところで軽く流されそうなので、具体的な例を挙げてみる。

「北原くんは大人っぽいところが、魅力的だと思うよ」

「無理に考えなくていいから」

大声で叫んだり悪ノリしている男子たちと比べて、北原くんは落ち着いている。いい意味で他人のことに無頓着《むとんちゃく》で、さっぱりとしていそう。だから、私は北原くんに期間限定の交際を申し込んだのだ。

「あとは、目が好きかな」

「だから、いいって」

「本当だよ。焦茶色だよね」

私は席を立って、前のめりになりながら北原くんに手を伸ばす。

「ほら、やっぱり綺麗」

指先で軽く前髪を持ち上げると、吸い込まれそうなほど澄んでいる焦茶色の瞳が見える。前髪が長くて、目が見えづらいのがもったいない。

なにかが落ちた音がして視線を下げると、北原くんが持っていた食べかけのサンドイッチがテーブルに落下してレタスがはみでていた。

「あ」

ふたり同時に声を上げる。北原くんは私の手から逃れるように体を後ろに傾けて、急いでサンドイッチを拾った。

「驚かせちゃって、ごめんね」

「……平気」

初めての彼氏で浮かれすぎたかもしれない。恋愛的な好意がお互いになかったとしても、この一ヶ月どんなことをして過ごそうと考えるだけでワクワクしていた。

だけど、北原くんにとってはとんだ災難なはず。突然付き合ってと言われて、この一ヶ月は私に振り回されるのだ。

「北原くんはどこか行きたい場所とかある?」

「いや、俺は別に」

「思いついたら教えてね」

ごめんね、北原くん。

クリスマスが終われば、きちんとお別れをするから。
少しの間だけ、この恋人ごっこに付き合って。

第二章　思い出のガトーショコラ

俺の中の望月椿のイメージは、ほどよく優等生。

目立つ女子がいるグループにいるものの、望月は緩衝材のような存在だった。

数学が苦手な女子に望月がテストに出る範囲を教えていた姿や、校則違反をしている女子に望月から伝えておくようにと担任から頼まれていたのを見かけたことがある。

頼られやすくて、本人もいつもにこやかで明るく引き受けている。

俺だったら、絶対引き受けたくない。自分でどうにかしたらいいのにって思うけれど、そんな望月だから周りから好かれているのも理解できる。

特別目立つというわけではないけれど、望月はクラスで確実に存在感を放っている。

そんな彼女と俺はあまりにも違いすぎて、この先も関わることはないと思っていた。

だから、あの日は本当に驚かされた。

「付き合ってください」

最初はなにかの罰ゲームかと疑ったくらい現実味のない告白だった。

好きでもないやつに、クリスマスをひとりで過ごすのが寂しいから付き合ってくれとあの望月椿が言うなんて、誰も信じないと思う。

俺を選んだ深い理由はおそらくないのだろう。けれど、他に頼める人なんていくらでもいるはずだ。付き合い始めて三日が経った今も一応、望月の彼氏という立場をなかなか受け止めきれないでいた。

「それでね、駅の近くにあるカシュカシュってカフェもいいなぁって思ってるんだけど」

放課後残ってくれと言われて、なんの話かと身構えていたら突然カフェの話をされて、わけがわからないまま相槌《あいづち》を打つ。カフェの名前も聞いたことがない。

「北原くんは甘い物って好き？」

「普通」

甘い物という言葉に過剰に反応しすぎて、そっけなく返答してしまった。もう少しなにか言葉を付け足した方がいいだろうか。だけど、本当のことは言いづらい。

「じゃあ、嫌いじゃないってことだね」

望月は顔色ひとつ変えずに、ノートにメモを取っていく。

太字で恋人ごっこ計画と書いてあり、どうやら一ヶ月の間に行きたい場所やしたいことを書いているらしい。

ノートには、放課後に一緒に帰る、カフェに行く、駅ビルに買い物に行くなど、望月がやりたいことが書いてある。どれも付き合っていたらしそうなことだけど、ひとつだけよくわからない項目があった。屋上へ行くというものだ。

「屋上に行っても、なにもなくない？」

行ったところでなにをするのかわからない。

「漫画とかドラマでよく屋上にいるシーンあるでしょ。ああいうの憧れるよね～！」

理由を聞いてもさっぱり理解できなかった。俺らふたりで屋上に行っても、ただ寒さに震えるだけで終わりだと思う。

「やっぱ学校内デートも外デートも両方楽しみたいよね！」

「俺と出かける必要ってあるの？」

好きでもなんでもない相手と出かけて楽しいのだろうか。クリスマスがひとりだと寂しいなら、その日だけ一緒に過ごせばいい気がする。

「あるよー！　付き合ってるんだから」

「でもクリスマスまでなんだし、そういうのは好きなやつと付き合ったときのためにとっておけば」

わかってないなぁと望月が口を尖らせた。

「せっかくだから、デートを満喫したいの」

だから、それを本当に好きなやつとすればいいのにって思うけれど、望月の意見は違うらしい。

「それに北原くんだって……いつか彼女ができたときに、私とのデートの経験が役立つかもしれないよ」

「そんな日がくるのか想像つかないけど」

「ええ〜！　くるよ！」

望月だったら、そういう将来は遠からずくるだろうけれど、俺は自分が誰かを好きになって告白をするイメージが湧かない。

「もしかして、好きな人できたことない？」

「ない」

「そっかぁ」

望月は水色のシャーペンを指の間に挟んで左右に揺らしながら、窓の外を眺める。何故かその横顔が寂しげに見えた。

「視線を奪われて心臓の鼓動が速くなったら、それは恋が息をし始めたとき」

柔らかく透明感のある声で、望月は呟く。

「私が最近ハマってる、百四十字の小説の言葉なの」

打てる文字数が限られているSNSがきっかけで流行り始めた短編集を望月は愛読しているらしい。

「恋に落ちた瞬間のことを表しているらしいよ」

ピンとこなくて首を捻《ひね》る。恋愛経験があれば共感するのだろうし、その経験がない俺からしてみたら流し読みするような本の一ページでしかない。

望月は鞄から一冊の本を取り出して、ぱらぱらとページをめくると俺に見せてきた。紙が少しよれていて、何度も読んでいることが一目でわかる。

「ほら、これとか素敵じゃない？」

《世界の片隅で、もう一度恋が息をする》

まぶしいほどの青空の写真と共に、その一文が書いてあった。

「同じ相手に、もう一度恋に落ちるなんて運命って感じがしない？」

「好きになったあと、嫌いになって、また好きになるってこと？」

疑問をぶつけると望月は「ちょっと違うかも」と言って笑う。やっぱり俺には理解できない表現のようだった。

「北原くんは？　好きな本とかある？」

「あんまり読まないな。前はお菓子作りの本とか読んでたけど」

うっかり口を滑らせてしまった。昔のことなんて話すつもりはなかったのに。けれど、小さい頃から読んでいたのはお菓子作りに関する本ばかりなので、メジャーな小説などは読んだことがない。

「お菓子作りが好きなの？」

望月が目を輝かせて聞いてきた。微妙な反応をされるかと思ったので、食いついてきたことに面食らう。

「……前は作ったりしてたけど」

「すごいなぁ。私、料理全般ができなくって！」

「レシピ通りに作れば、大丈夫だと思うよ」

俺の発言に対し、望月はムッとした表情をする。なにか機嫌を損ねるようなことを言ってしまったらしい。

「それは得意な人の意見だね」

望月曰《いわ》く、レシピを見ても理解できないことが多いそうだ。特にひとつまみとか、お好みでと書かれていると困るんだとか。

「だってさ、お好みでって書いてあったからレモン汁入れてみたら、すっごく酸っぱくなっちゃったの」

「それは入れすぎなんだって」

「せめて入れるとしたら、このくらいの量でって書いておいてほしいよ！　好みの量なんて人それぞれでしょ」

そんなことを言う人は初めてだったので、思わず笑ってしまう。すると、望月もつられたように笑う。

こうしてふたりで話していると、友人たちの輪の中にいるときの望月よりも、表情が豊かなように見える。

ただの勘違いかもしれないけれど、肩の力が抜けているように感じた。

「よし！　じゃあ北原くんにお菓子を作ろっと」

声を弾ませながら、望月はノートにメモをしていく。

「望月の実験台になるってこと？」

「そこまで下手くそじゃないよ！」

「でもさっき失敗談聞いたばかりだし。なに食べさせられるのか怖いな」

「絶対美味しいって言わせてみせるから！　あ、そうだ。北原くんも作ってきてよ！」

何気ない一言に息が止まりそうになった。

机の上に置いていた手のひらに視線を落とす。もう二年くらい調理器具に触れていない。今更またキッチンに立つことができるかわからなかった。

大事にしていたお菓子作りの本も、今はクローゼットの奥に押し込まれている。

「交互でお菓子を作るってよくない？」

楽しげな望月に、俺には無理だとは言えなかった。

「北原、お菓子作りなんてすんの？」

馬鹿にしたように笑った声が、脳裏に再生されてひやりとした。必死に思い出さないようにして、声のトーンを落とす。

「気が向いたら」

そっけなく答えたのに、望月は「やった！」と声を上げて嬉しそうに顔をほころばせた。

「あ、そうだ。今日の写真を撮っておこっと」

ノートの写真と、放課後の教室と俺の写真をスマホで撮ると、望月は満足そうにした。

「この間も撮ってたよな」

「趣味みたいなものかな」

女子ってそういうものなのだろうか。姉ちゃんも買ってきた物を、スマホでよく撮影している。

「こういう放課後もいいね！」

「望月なら仲良い女子と放課後に残ったりしたことあるんじゃないの」

「んー、それはあるけど。これとは別でしょ」

望月は恋愛に対して強い憧れを抱いているように見える。だから、些細《ささい》なことでも心が躍るのだろう。

一ヶ月間の恋人ごっこに期待している様子の望月を見ていると、本当に恋人役は俺でよかったのかと不安になる。

たいした話題も提供できないし、リアクションだっていい方じゃない。できることといえば、望月のしたいことに付き添うことくらいだ。

「私ね、彼氏と居残りするのも夢だったの。放課後の教室って、特別感あるでしょ」

「特別感は、なんかわかるかもしれない」

日中の人がたくさんいる空間とは、また別に見える。そして、人が少なくなった教室の方が呼吸をしやすい。

「だよね。人がいない教室って、別世界に迷い込んだみたいな感覚になるの。昼間に学校であったしんどいことも、全部ちっぽけに思えるっていうかさ」

望月は軽い口調で話しながらも、冗談を言っているようには感じない。友達とも先生とも良好な関係を築いていて、毎日が楽しそうな望月でも、学校でしんどいことがあるのか。だけど、深く聞いていいのかわからなかった。

たったの一ヶ月の恋人でしかない俺が、望月の心に土足で踏み込んではいけない気もする。

「そうだ。北原くんも行きたい場所を思いついたら教えてよ」

「特にないから俺はいいって」

「突然、ここ行きたいってなるかもしれないでしょ」

望月はノートに俺の名前を書いていく。

【北原深雪のデートプラン】

俺が書く筆記体みたいな字とは違って、お手本のような読みやすい字だった。

「北原くんの名前って綺麗だよね」

一瞬頭が追いつかず固まっていると、望月が左手の人差し指で深雪の部分をなぞる。

「クラス名簿見たときから思ってたの。深雪って名前、綺麗だなって」

「……小学生の頃は女みたいだって、からかわれたけど」

下の名前にはあまりいい記憶はない。今思うとくだらないことだけれど、クラスメイトから深雪ちゃんってふざけて呼ばれるたびに、こんな名前嫌だって泣いた記憶がある。そのせいで深雪という名前を好きになれなかった。

「漢字も響きも、私は好きだなぁ」

誰かにとっては、綺麗な名前なのかと望月の言葉で初めて知った。

好きと言ってもらえるのは初めてで、むず痒い感覚になった。単純なことに、望月の言葉で自分の名前への抵抗がほんの少し薄れていく。

「私たちの名前ってくっつけると、花の名前になるんだよ」

「え、でも望月は単体でも花の名前じゃん」

「そうだけど、そうじゃなくて！　ほら、見て」

わざわざノートの新しいページを開いて、望月は〝雪椿〟の文字と絵を描いた。絵は苦手なのか、少し不格好な花だった。

「花言葉もロマンチックだし、ふたりでひとつの花の名前になるって素敵だと思わない？」

「まあ……そうかもな」

俺らが本当の恋人だったらの話だけど。

それから三十分ほど、教室で望月の行きたい場所について話をした。

望月は門限が厳しいのか、なるべく暗くなる前に帰らないといけないらしい。五時を過ぎてしまったので慌てて帰り支度をして、俺たちは駅まで一緒に帰った。


翌日の放課後。早速望月が挙げていたカフェに行くことになったものの、学校の外で待ち合わせをすればよかったと後悔した。

ふたりで歩いているというだけで同級生たちからの視線が集まる。同じクラスの女子たちが俺らを指差しながら話しているのを目撃して、うつむきがちに歩いた。

「今日ホームルームが早めに終わってよかったね～！」

雪椿

さすがに望月も周囲の視線に気づいているはずだ。それなのにいつもと変わらない様子で、すごいなと感心してしまう。

学校から出るとやっと突き刺さるような視線から解放された。

隣を歩く望月は相変わらず元気だ。カフェの内装がおしゃれだとか、おすすめのメニューについて熱心に話している。

「私はガトーショコラが一番好きなんだけど、しっとりふわって感じで美味しいの！」

「へぇ。俺もガトーショコラ好き」

「そうなの？　なら、食べてみてほしいな～！」

カフェでデートというシチュエーションが嬉しいのか、今日の望月はテンションが高い。普段はカフェなんてまったく行かないので、ガトーショコラは俺も少し楽しみだ。チョコレートの濃厚さや、生地のなめらかさはお店によって異なる。昔お菓子作りをしていた頃も、色々なお店のメニューを食べてレシピの参考にしていた。

作る方に思考が傾いたところで我に返る。

手放した夢なのだから、こんなことを考えたって意味がない。心の奥底に思考を押し込んで、隣から聞こえてくる話に相槌を打った。

望月に案内をしてもらい、駅の近くの白い外壁のカフェにたどり着いた。

お店の前には看板は立っておらず、窓から見える店内は真っ暗だ。アンティーク調の焦茶色の扉には、張り紙がされている。

「あれ？」

望月がわずかに身を屈めて、張り紙の言葉を読み上げる。

「四月にリニューアルオープン……え、うそ！」

どうやら改装するらしく、先週でお店は閉まったようだ。

ショックを受けた様子で望月は口をぽかんと開けたまま立ち尽くしている。楽しみにしていた望月の姿を見ていたので気まずい。こういうときなんて声をかけるべきか。

リニューアルオープンした頃には、俺は彼氏ではない。

「また来年、彼氏ができたときに来ればいいんじゃない」

自分なりに気を利かせて思いついた言葉だったけれど、望月の表情は暗いままだ。失敗した気がする。

「……それじゃ遅いよ」

今にも泣きそうで、消えそうな声だった。俺が思っている以上に望月は落ち込んでいるらしい。そんなにカフェデートに憧れていたのだろうか。

「他のカフェ行く？」

一生懸命捻り出したけれど、これが限界だった。

このカフェにこだわっていたのなら、無神経だと思われるだろうか。だけど、このまま帰るのも、空気が読めていないと思われそうだ。

どう対応すればいいのか、正解がわからず居心地が悪い。

「そうだね。どこのカフェにしよっかな！」

明るく返してくれたけれど、違和感を覚える。そこまで望月のことを知らない俺でも、作り笑いのように見えた。

たぶん、望月はこのカフェにこだわっている。理由はわからないけれど、そんな気がした。

結局、駅ビルの中に入っているカフェに行くことになった。男女を問わず人気のチェーン店なので、俺も数回行ったことがある。

望月は胸焼けしそうなほど生クリームがたっぷりのったコーヒーフラッペを注文し、俺はカフェラテにした。

店内の隅の方にあるソファ席が空いていたので、俺たちはそこで向かい合うように座る。望月はストローでフラッペをひと口飲むと、表情をゆるませた。

「美味し〜！　今日の写真も撮らなくちゃ！」

元気だけど、元気がない。妙な感じだった。

じっと望月を観察しながら、理由を考えてみる。あのカフェでデートをすることに憧れていたから、ガッカリしたのだろうか。だけど、お店がなくなるわけではないのだから、泣きそうになる必要がない。

いいや、でも食べたいって思ったときにないとショックが大きいと姉ちゃんに言われたことがあった。あれは確か、姉ちゃんのアイスを父さんが食べてしまったときだ。また買えばいいじゃんと言った俺に、そういう問題じゃないと声を荒げて怒ってきた。

望月も似たような気持ちなのだろうか。

「どうしたの？」

俺の視線に気づいた望月が首を傾《かし》げる。なんでもないと誤魔化すべきか、それともカフェのことを聞いてみるべきか迷っていると、望月は察したのか小さく笑った。

「さっきのカフェのこと、ホームページ確認しておけばよかった。振り回しちゃってごめんね」

「それは別に平気だけど。望月はあのカフェに行きたい理由があったのかと思って……」

「あそこのお店のね、ガトーショコラがとにかく大好きなんだ！」

カフェに向かう途中、楽しげに話していた望月の横顔が脳裏に浮かぶ。

「どうしても食べたかったってこと？」

「……うん。他のお店のとはちょっと違って、ふわっとしていて口の中で溶けていく感じがしたんだ」

いつかじゃなくて、今食べたいということなのだろう。あくまで恋人ごっこなのだから、当たり障りなく合わせておけばいい。それでも、望月の表情を曇らせたままにはしたくなかった。

「それ以外に特徴は？」

「え、特徴かぁ。んー……あ、スフレみたいな感じ！」

「中はとろけてる？」

「ううん。冷やして食べるのが美味しいガトーショコラなの。あとは、甘酸っぱい！ 刻んだ苺が入ってるよ」

望月の話を聞きながら、頭の中にメモを取っていく。定番メニューってことは、ドライストロベリーを使っているのだろうか。

甘さや濃厚さについて詳しく聞いてから、レシピをおおよそ作ってみる。完全な再現は無理かもしれないけれど、近いものはできるかもしれない。

「よかったら、いつか食べてみてね！」

「……それなら」

来年一緒に行こうと言いかけてやめた。

俺たちは友達じゃないし、ただのクラスメイトで、クリスマスのあとは別れる約束だ。それにここで断られたら、カッコ悪くて恥ずかしい。

「来年、行ってみるよ」

俺の返答に、望月は嬉しそうに笑った。


望月と別れたあと、電車に乗りながらスマホで検索をかける。グルメサイトで店舗名を調べたら、写真や味の感想などが出てきた。最寄駅に着いてスマホをブレザーのポケットの中に入れると、一気に現実に引き戻される。

なにやってんだ。望月に頼まれたわけでもないし、俺に再現できるかわからない。無駄なことはやめておこう。

横断歩道の信号が点滅し始めたので、小走りでスーパーの前を通過する。

「あそこのお店のね、ガトーショコラがとにかく大好きなんだ」

望月の言葉を思い出して、足が止まった。信号は赤に変わり、車が目の前を横切っていく。とりあえず材料だけでも買ってみるか。失敗したら自分で食べればいい。

俺は踵《きびす》を返してスーパーへ向かった。


夕食後、スーパーで買ってきた材料をキッチンに並べる。スマホにメモをしていた味の感想を読みながら、レシピを組み立てていく。

ほろ苦いという感想はなかったので、ビターチョコレートではなくミルクチョコレートを使ってみるか。その代わり砂糖は控えめにして、ドライストロベリー単体は売っていなかったので、チョコレートでコーティングされたドライストロベリーのお菓子で代用する。あとは持っていくことを考えると、カップケーキくらいのサイズにしよう。

大体のイメージが脳内で固まると、色褪《いろあ》せた黒いエプロンをつける。これをつけるのは中学生のとき以来だ。

「あれ、なんか作るの？　珍しいわね」

リビングに来た母さんが目を丸くする。風呂上がりのようで、肩にタオルをかけていて髪が濡れていた。

「たまにはお菓子でも作ろうかと思って」

「そう。あんまり遅くならないようにね」

母さんは目尻を下げて嬉しそうにしている。くすぐったい感覚になって、調理器具に視線を移す。

「わかってるって」

コップ一杯の水を飲んでから、母さんはリビングから出ていった。ひとりになって、息をつく。

どうしてお菓子作りをやめたのか、家族には話していない。もしかしたら、俺がお菓子作りに飽きたと思っているかもしれない。

きっかけは小学生の頃に、母さんのお菓子作りの手伝いをしたときだった。

自分が普段食べているホイップクリームがどうやって作られるのかを知って、作ることの楽しさを感じたのだ。そんな俺を見て、母さんは他のお菓子の作り方も教えてくれた。

小学四年生の頃には、ケーキやクッキー、プリンなど、お店で売っているようなおやつを作ることに、ゲームやサッカーをするよりも夢中になった。

そして中学に上がり、自然と将来の夢が決まる。

パティシエになりたい。ご飯を作るのも楽しいけれど、自分の中で一番ワクワクするのはお菓子を作るときだった。

お年玉でレシピ本を買って、紙が擦り切れるくらい何度も読んで、作ってみる。そのうち自分なりにアレンジを加えて作るようになった。

だけど、あるとき周りと自分が違うことに気づいた。

「北原、お菓子作りなんてすんの？」

前の晩やっていたドラマの話をされて、その時間はお菓子を作っていたから観ていないと答えると、微妙そうな反応をされた。

「なんか珍しいな」

俺以外のやつらが目配せをしているのに気づいて、居心地の悪さを感じる。話すべきじゃなかったのかもしれないと、このとき初めて思った。

ひとりが空気を切り替えるように別の話を振ってくれたけれど、俺は胸のざわつきが収まらず、相槌を打つことしかできない。流行りの話題にもいまいち乗り切れなかった。

始まりは、そんな些細《ささい》なことだった。

それから妙な噂が流れた。北原はお菓子作りとスカートが好きで恋愛対象は男だとか、お菓子のこと以外は身に覚えのないことだった。

スカートで思い当たるのは、小学校低学年の頃に学芸会のリハーサルで、休んでいた女子の代わりをしたことだ。

じゃんけんで負けてしまい、紺色のワンピースの衣装を着せられた。しばらくの間からかわれたので、あの頃のことはいい記憶として残っていない。

小学校が同じだった誰かが面白がって言いふらしたのだろうか。

自分の知らないところで、噂が好き勝手に流れていくのは気味が悪かった。

気づけば、仲がいいと思っていたやつらから、笑いのネタにされるようになっていた。

露骨《ろこつ》に仲間はずれにされたとか、いじめられたわけじゃない。だけど、明らかに以前とは空気が違っている。

「北原ってさ、女子っぽいとこあるよな」

ほんのりと悪意がこもった冗談交じりの言葉。いちいち動揺するべきじゃないのに、戸惑いが隠せなかった。すると、周囲のやつらがくすくすと笑う。

「お菓子ってなに作んの？」

「北原の作ったやつ食べてみたいんだけど」

本気で食べたいと思っているわけではなく、からかいが含まれているのを感じて適当に愛想笑いで受け流す。

こんなの気にする必要ない。だけど、心は少しずつ蝕《むしば》まれていく。

噂がこれ以上広がるのを恐れて女子ばかりの料理部を退部して、クラスでは極力お菓子作りの話をしないようにした。そのうち話題からも消えて、忘れられていくはずだ。

そう思っていたけれど、噂はなかなか消えなかった。

むしろちょっと手が触れただけで過剰反応をされて、陰で好き放題言われるほど、エスカレートしていった。

「今日手触られたんだけどさ、俺狙われてね？」

「うわ、キモすぎ」

「お菓子作ってって言ってみろよ」

「本当に作ってきたら、どうすんだよ！　あいつが作ったのとか、いらねぇし」

中一はまだ小学校の延長線で、俺のクラスは特に悪ノリをする人たちが多かった。なんとなく〝誰でもよかった〟のだろうなとは思う。話のネタにする存在は誰だってよくて、たまたま標的にしやすい存在が俺だっただけ。

だけど、だからこそこの日常から抜け出す方法がわからなかった。

ひとりで溜め込むのがしんどくなってきた頃、唯一相談ができそうな小学生の頃から仲がよかった友達に話してみることにした。

「いや、俺に言われても困るんだけど」

あからさまに嫌そうにされて言葉を失う。以前なら、こんな態度をとることはなかった。なにかしてしまったのか必死に考えるけれど思い当たることがない。

「実際スカート履いてたことあんじゃん」

「……あれは、じゃんけんで俺が負けて、休んでる女子の代役やっただけだろ」

「楽しんでるように見えたけど」

俺が変わったのか、それとも相手が変わったのかはわからない。

中学に入ってクラスが離れたことによって、関係に溝ができたのを痛感した。そして確証はないけれど、噂を流したのが友達なのではないかと疑惑が生まれる。

「もう帰るわ」

友達を引き留めようと腕に手を伸ばすと、振り払われる。そして迷惑そうな顔をして去っていった。

男性のパティシエだっているし、スカートのことだって、服装は性別に縛られる必要なんてないはずだ。

周りの目や言葉を気にしなくていいと、以前の俺は思っていた。

けれど、キッチンに立つと、学校で言われた嫌なことを思い出してしまう。好きだったはずのことが、笑われたり話のネタにされたり、純粋に楽しめなくなっていた。

そうして、だんだんとお菓子作りから遠ざかるようになり、いつしかパティシエになるということも考えなくなった。

高校では誰にもかつての趣味を知られないようにして、周囲とはほどよい距離感を保つようにしている。だから、望月にも話すつもりはなかったのに。

「お菓子作りが好きなの？」

目を輝かせていた望月からは嫌悪感が見えなかった。

ガトーショコラが食べられなくてガッカリしていた望月をただ喜ばせたいという気

持ちから、チョコレートを刻む。

お菓子作りを始めると、昔の感覚が戻ってくる。

チョコレートを湯煎《ゆせん》で溶かすと甘い匂いが広がった。そこに溶かしたバターと砂糖を入れて混ぜてから、卵黄を少しずつ加えていく。

レシピをメモをしたスマホを見ながら、次の工程をチェックする。

「次はメレンゲか……」

泡立て器を使ってふんわりとしたメレンゲが出来上がる。それと先ほどのチョコレートと卵黄を入れた生地を混ぜていく。気づけば余計なことは一切考えずに夢中になっていた。

オーブンで焼いているうちに調理器具の片付けを終わらせると、ソファに座る。

疲労よりも、楽しかったという気持ちが勝る。純粋にお菓子作りを楽しめたのは久しぶりだった。


翌日の金曜日。昼休みに手芸部の部室で望月と待ち合わせをした。

俺の顔を見るなり、ニコニコしながら「北原くんからまた誘ってくれるなんて嬉しいな」と言ってくる。

彼女のこの調子に最初は戸惑ったけれど、今は少しずつ慣れてきた。

はいはいと受け流して席に座る。おにぎりを食べ始めた望月の様子を見ながら、ガトーショコラを渡すタイミングをうかがう。

「どうかした？」

頬にご飯を詰めながら、きょとんとした顔で望月が聞いてきた。

今しかない気がして、俺は袋から取り出したタッパーを机の真ん中に置く。

「これ、よかったら」

半透明のタッパーは味気なさすぎて、ラッピングとかするべきだったかと今更になって思うけれど、張り切りすぎだと呆れられるのも嫌だった。

望月はタッパーを開けると、口をぽかんと開ける。相当驚いているようだった。

「もしかして……ガトーショコラ？」

「あのカフェのと近いかわからないけど」

「わざわざ作ってくれたの？」

「……気晴らしに作っただけ」

望月の潤んだ瞳から一筋の涙がこぼれ落ちて、目を見張った。

まさか泣くとは思わなかった。そこまで感動することをした覚えはないし、俺は余計なことをしてしまったのかもしれない。

「ごめん、俺のじゃ代わりにはならないよな」

「そんなことないよ。北原くん」

袖で涙を拭って望月が泣きながら微笑む。

「ありがとう。すっごく嬉しい」

望月はおにぎりを食べるのを中断すると、タッパーからガトーショコラを取り出す。

「食べていい？」

「おにぎり食べ終わってからにした方がいいんじゃない」

「今食べたいの」

ラップをめくって、ガトーショコラをひと口食べた望月が目をきらりと輝かせた。

「美味しい～！」

顔をほころばせながら、さらにひと口食べる。あのカフェのと近いかはわからないけれど、喜んでくれたみたいでほっとした。

「すごいね！北原くんはお菓子作りの才能があるんだね！」

「そこまでじゃないって」

「あるよ！　パティシエになるべき！」

興奮気味に望月が口にした言葉に顔が引きつる。俺の反応を見て、望月から笑顔が消えていく。

「もしかして私、無理やり作らせちゃった？」

「いや、そんなことないけど」

「でもお菓子の話するとき、北原くん少し元気なく見えるから」

「……無理やりとかじゃない。ただ、俺の問題っていうか」

話すかためらいながら、目の前にいる望月を見やる。望月の眼差《まなざ》しは優しくて、俺が話すのを待っていてくれている。

一度深く息を吸ってから、続きを口にする。

「趣味のこと、からかわれたことがあって」

「それって、お菓子作りのことを？」

頷くと、望月は不思議そうに首を傾げた。

「男がお菓子作ってんのキモいとか。同性が好きだとか色々噂立てられたんだ」

すべてを話すと長くなるので、ざっくりと中学の頃にあった出来事を話していく。

周りの男子と趣味が違っていたせいか、変な噂が立って浮いてしまったこと。それからお菓子作りから離れて、パティシエの夢を諦めたこと。

いざ口にしてみると、くだらないことのように感じた。

「馬鹿みたいだよな。周りの声なんて気にしなきゃいいのに」

狭い世界で生きていたのだと今は思うけれど、あの頃の俺にとって教室は檻《おり》のようだった。抜け出すことは許されず、教室での立場によって影響力が変わる。からかわれていた俺にはなんの力もなかった。

「好きなことを笑われたら、誰だって嫌だよ」

望月の声は普段よりも低く、怒りを含んでいるようだった。

「噂を立てるのもどうかと思うけど、北原くんのその噂の内容はどれも馬鹿にしていいものじゃないと思う。なにが好きでもその人の自由でしょ」

「……そうだな」

お菓子作りもスカートも同性愛も、悪いことじゃない。面白おかしく話のネタにすることが悪質なのだ。

「本気で俺を嫌っていじってたってより、たぶんほとんどのやつらが、適当にいじって遊んでただけだと思う」

「でも本気じゃなければいいって問題でもないでしょ。誰かの悪ふざけに便乗している人たちだって、北原くんを傷つけたことには変わりないよ」

同調は人に寄り添うこともあれば、違う誰かにとっては毒になることもあって、俺のことをよく知らないやつらも周りの言葉に影響されていた。あの空間にいた頃は毎日が息苦しかった。

でも俺を傷つけていた人たちは、その自覚すら持っていなかったような気がする。

「今も思い出したら、腹が立つ気持ちもある。だけどさ、小学校から中学に上がったばかりだったし、たぶんみんなまだ幼かったんだろうな」

いじられた相手がどう思うのか想像できる人が少なかったのだと思う。

次第にみんな精神的に大人になり、中三の頃はもう噂は消えていたし、いじってふざけていた生徒たちも部活や受験で忙しそうにしていた。

「北原くん、自分の気持ちを一番に大事にして」

望月は少し辛そうに眉を寄せながら、微笑む。

「あの頃は仕方がなかったなんて言葉で片づけないで。傷つけられてもいい存在なんていないんだよ」

もっと自分を大事にしろと望月が訴えかけてくる。彼女がここまで真剣に俺の話を胸を痛めながら聞いてくれるとは思わなかった。

「私もね、最近まで我慢するタイプだったんだ」

望月は金魚がいる水槽を眺めながら、ぽつりと呟く。

「冗談でひどい言葉を言われても笑って受け流していたら、なにを言ってもいい人になってたの。だけど、家に帰るとスイッチが切れたみたいに上手く笑えなくなっちゃって……」

話の途中で望月が目を伏せて、唇を結ぶ。嫌なことを思い出させてしまったみたいだ。

「話しづらかったら、話さなくていいよ」

望月は首を横に振って、視線をこちらに向けてくる。

「高校に入って、人間関係をようやくリセットできたと思ったけど、また周りの顔色うかがっちゃって、息苦しくなるときも多かったんだ。でもちょっと色々あって、もう好きに生きてこうって思ったら、吹っ切れちゃった」

「それで恋人ごっこしようとか言い出したってこと？」

楽しげな笑い声を上げながら望月が「そう！」と答えた。

「だからね、北原くんも自分の気持ちを一番大事にして過ごしてほしいなって」

明るくて賑やかなグループにいる望月は、いつだって楽しそうに笑っていた。だけど、誰だって他人には見えないなにかを抱えている。望月も、俺も、きっとクラスの人たちも。そんな当たり前のことを、今になって考えさせられる。

「そうだ！　今日の写真、北原くんが撮ってくれる？」

望月からスマホを渡されて、ガトーショコラと共に撮影をした。何枚撮ればいいのかわからないので、連写すると望月に「そんなに撮らなくていいよ」と笑われる。

撮り終わると、望月が再びガトーショコラを食べて、頬に手をあてる。

「本当に美味しいなぁ。カフェのも好きだけど、私は北原くんのガトーショコラが一番好き」

こんなに褒《ほ》められると、逆に気を遣わせているように思えてきた。自分でも上手くできたとは思うけど、プロが作っているガトーショコラの方が美味しいはずだ。

視線が合うと望月は目尻を下げて幸せそうに微笑む。

「作ってくれて、ありがとう！」

どくりと心臓が鳴った。全身の血液が熱を持って流れていく感覚がする。無性に泣きたくなって、頬の内側を噛《か》む。

俺が作ったお菓子を、こんなふうに食べてもらったのは久しぶりで、小学生の頃に家族が初めて手作りのケーキを食べてくれたときの記憶が蘇る。

美味しいと笑顔になってくれたあの瞬間が、なによりも幸せだった。

「……ありがとう」

望月の耳には届かなかったようで、聞き返される。けれど俺は首を横に振って「なんでもない」と答えた。

手放したはずの好きなものを、もう一度拾うことができた。先のことはまだわからないし、すぐには決められない。それでも心にしこりとなって残っていた嫌な記憶が、望月の笑顔に塗り替えられていく。

「私、洋菓子店でバイトとかしてみたかったなぁ」

名残惜しそうに最後のひと口を食べた望月が、ため息交じりに言った。

「すればいいじゃん」

「そうだね」

苦笑しながら望月が頷く。何故かあまり乗り気ではなさそうだった。

「クリスマスシーズンなら短期のバイトとか募集してるところあると思うけど」

うちの近所の製菓店でも、クリスマスケーキを売るバイト募集の張り紙があった。それなら高校生でも受かる気がする。

「バイトは一度くらいしてみたかったけど……私は難しいかな」

家でバイトを禁止されているのだろうか。踏み込んで聞けずにいると、望月が「そうだ！」と声を上げる。

「来週の月曜日は私が作ってくるから、楽しみに待っててね！」

苦手と言っていたけれど、やる気満々らしい。話によると、最後に作ったのは中学生のバレンタインのときにトリュフを作ろうとして焦げたらしい。

それを聞いて、口元が引きつる。どうやったらチョコレートを焦がすんだ。

「……チョコレートになにした？」

「え、電子レンジに板チョコ入れただけだよ！」

「電子レンジ……そっか」

湯煎にかけずに、電子レンジで溶かそうとしてやりすぎた結果、焦げたみたいだ。どんなものができるのか少し不安になる。

「大丈夫！　今度はクッキーにするから！」

トリュフよりクッキーの方が難しいと思うけど、望月のやる気を削《そ》がないように俺はとりあえず頷いておく。……成功を祈っておこう。

週明けの月曜日。朝の時点で望月から楽しみにしていてほしいとメッセージが届いたので、どうやらクッキーは成功したらしい。

今日は無意識に何度も時計を確認してしまう。自分でも気づかないうちに望月が作ったクッキーを楽しみにしているみたいだ。

「なあ、望月といつもどんな話すんの」

三限目が終わり、休憩時間になると坂本が俺の前の席に座った。

坂本は一緒に行動することが多い友人のひとりで、望月と付き合ったと知ったとき一番食いついてきた。

「どんなって、普通の話だけど」

「その普通ってのが想像つかないんだって！　昼一緒に食ってるときなに話してん

の」

俺の机の上に、坂本の手が勢いよく置かれる。陸上部に入っているからか、日に焼けた坂本の腕と比べると俺の腕は青白く見えた。

「望月と北原って共通の話題とかなさそうじゃん！」

「……なんで決めつけんだよ」

「じゃあ、たとえば？」

わざわざ坂本に話したくない。けれど、坂本は引く気配がなかった。

何故かどうしても俺と望月がなにを話しているのか知りたいらしい。さすがにお菓子作りのことは話したくないので、当たり障りのない言葉に変換する。

「食べ物の話、とか」

げんなりとした表情で坂本がため息をついた。

「そんなん俺でもできるんだけど！」

「別になに話してたっていいだろ」

「あー……なんで北原なんだよ」

触れるとチクチクしそうな短髪を手で無造作に掻いた坂本は、苛立っているように見える。

付き合っていると知ったときも、きっかけとかどっちから告白したのかとか、色々聞かれた。坂本は周囲の話に関心を持つタイプだけど、ここまで深く聞いてくるのは珍しい気がした。

「しかも、望月から告ったんだよな」

坂本は俺の机に頬杖をついて、窓側で楽しそうに話している望月に視線を向ける。

「羨ましすぎ」

「え？」

俺の反応を見て、坂本は苦笑した。

「望月かわいいし、ちょっと気になってたってくらいだから」

坂本が望月のことをそんなふうに思っていたなんて気づかなかった。

もしも、望月が坂本の気持ちを知っていたら、俺じゃなくて坂本に恋人ごっこを提案していたのだろうか。そのことを考えると、ざらりとした心地の悪い感情が蠢《うごめ》く。

「はー……俺も彼女ほしい」

恋人ごっこはクリスマスで終わる。俺たちが別れたら、坂本はどうするのだろう。

他人の恋愛なんて今まで気にしなかったのに、望月が坂本に対してどんな印象を抱いているのか気になってしまう。

……俺が口出すことじゃない。だけど、一度波立った感情はなかなか落ち着かなかった。

昼休みに手芸部の部室へ行くと、待ってましたと言わんばかりの勢いで望月が花柄の袋でラッピングされたクッキーを差し出してくる。

「見た目はいまいちだけど、味はいいと思うんだ！」

それを受け取って椅子に座ると、痛いほどの視線を感じて苦笑した。どうやら今食べてほしいらしい。

ラッピングを解くと、ほのかに甘い香りがした。中には、丸くて分厚いクッキーが五つ入っている。プレーン生地に紅茶の葉が練り込まれているようだった。

「いただきます」

クッキーをひと口食べると、ふわりと紅茶の香りが広がった。予想外の味に目を見開く。柔らかめだけど、甘さが控えめで食べやすい。

「美味しい」

望月はほっとした様子で息をついた。

「よかった～！　北原くんはお菓子作りが上手だから、微妙って思われないか不安だったんだよね！　形も綺麗な丸にならなかったし」

「確かに形はちょっと崩れてるけど」

「……だよね」

「でも味は美味しい」

市販のクッキーとはまた違った美味しさがあって、自然ともう一枚に手が伸びる。お菓子作りが苦手だと言っていたけれど、そうは感じない。作り慣れれば、形もきっと上手になるはずだ。

望月は俺が食べている姿を撮影しながら、「これで私の夢がひとつ叶ったなぁ」と呟く。

「未来の彼氏のための練習台の間違いだろ」

「そんなんじゃないって〜！」

別に練習台だってよかった。望月が一生懸命作ってくれたことには変わりない。

「望月のクッキーもらえて俺は運がいいな」

「それ、本心で思ってる？」

からかわれたと思ったのか、疑いの眼差しを向けてくる。

「思ってるよ。望月が別の男子に声をかけてたら、このクッキーもらえなかったし」

「北原くんにあのとき断られていても、もう一度お願いしに行ってたと思うけどなぁ」

俺が押しに弱いから頼んでよかったと最初に言っていた。でも別に俺じゃなくちゃいけなかったわけではない。

「たとえば、望月のことを好きな男子がいたとしたら、そいつに頼んでただろ」

自分で口にして、苦い気持ちになった。もしも坂本が望月に好意を告げていたら、今頃ここにいたのは俺じゃなくて坂本だったかもしれないのだ。

「頼まないよ」

即答されたことに驚いて、顔を上げた。ちょうど太陽が雲に隠れて、望月の横顔に影が落ちる。

「私は一ヶ月の恋人ごっこがしたいの。だから、好意を抱いてくれているってわかっていたら頼まないよ」

いつもと変わらない明るい口調なのに、どこか壁を感じた。望月の中でクリスマスまでに別れるのは、相手が誰であろうと決定事項みたいだ。

その話を聞いて、内心安堵していた。坂本に対して罪悪感を抱いていたからだろうか。たとえ望月に想いを告げていたとしても、この未来は変わらなかったのだと思うと、さっきまで波立っていた感情が落ち着いてくる。

「ね、一枚ちょうだい！　ほとんどお母さんたちにあげちゃったから、自分の分が残ってないんだよね」

花柄の袋を望月の方に傾けると、一枚つまんで口の中に放り込んだ。さくさくとした咀嚼《そしゃく》音が聞こえてくる。

「美味しい～！　私、パティシエになりたいって思ったことがあったんだよね～」

びくりと肩が跳ねる。望月が俺と同じ夢を持っていたことに驚いた。

「アニメを観て、私もこんなふうになりたいって思って、小学生の頃に憧れたんだ」

そういえば、俺らが小学生の頃、パティシエのアニメが流行っていた。

本気で目指していたというよりも、子どもの頃に抱いた淡い夢だと望月は笑う。

「北原くんは、もう一度パティシエを目指す気はないの？」

「……そんな簡単になれるもんでもないだろ」

久しぶりにお菓子作りをして楽しかったけれど、一度諦めた夢を再び追うほどの情熱が自分の中にあるのかよくわからない。

「やりたいことがあったら、やった方がいいよ」

ニッと歯を見せて望月が笑う。

「それなら望月だってそうだろ」

この間、洋菓子店でバイトをしたいと言っていたのに、何故か諦めているように見えた。

「私は今の自分ができることは、思いっきりやってるよ。北原くんと恋人ごっこをしたり、こうしてお菓子を作って食べてもらったり。すごく充実してる」

望月にとっての充実した日常に俺も入っていることが、くすぐったい感覚になる。

でもよく考えてみたら、俺も望月がいる日常は充実している気がした。

ただ目標もなく退屈な日々を過ごしていたときよりも、ずっといい。

「今度はお弁当作ろうよ！」

「お菓子みたいにお互い作りあうってこと？」

「うん！　北原くんも作ってくれる？」

「わかった」

望月が楽しみだなぁと声を弾ませる。太陽の日差しがまぶしくて、俺は視線を床に移した。

「あんま期待はしないで」

お菓子は昔よく作っていたけれど、ご飯系はそんなに自信はない。

「それは私のセリフ！」

望月が楽しげに笑うと、俺もつられて笑ってしまう。彼女の明るさに触れると、自然と気分が晴れていく。

「またひとつ、私のやりたいことが叶うなぁ」

「よかったな」

「……うん」

あまり嬉しそうじゃない気がして、顔色をうかがうように望月に視線を戻す。

「なんかあった？」

「どうして？」

「元気がないように見えたから」

「ううん、ちょっとしんみりしちゃっただけ」

今の会話に、しんみりする部分なんてあっただろうか。

なんで？　と聞いても、はぐらかされそうだ。望月は時々、寂しそうにする。

言いたいことを溜め込んで、無理して笑っていた中学時代の自分と重なって、時折歯痒くなった。

望月は、どうして恋人ごっこをしたいのだろうか。

クリスマスにひとりでいるのが寂しいとしても、好きでもないやつと付き合うほどのことなのか疑問だった。

昼飯が終わると、望月が席を立って金魚の方へと歩いていく。

「今日も元気そうでよかった」

望月が人差し指で水槽をなぞると、金魚が近づいてきた。俺はお茶を飲みながらぼんやりとその光景を眺める。

「餌ほしいんじゃない？」

「餌は……」

話の途中で、望月が突然しゃがみ込んだ。床に落ちたものを拾ったのかと思ったけれど、それにしては様子が変だ。しゃがんだままうつむいている。

「望月？」

傍《かたわら》まで行って声をかけると、望月が顔を上げた。

「調子乗って食べすぎちゃったかも」

へらりと笑みを浮かべているものの、ぎこちない。それに顔色が悪く見えた。

食べすぎって言っても、今日の望月はおにぎりを一個とクッキーしか食べていない。ひょっとしたら体調が悪いのを隠して無理しているのかもしれない。

「保健室行く？」

「大丈夫！　本当に少し胃の調子が悪いだけだから。えっと、なんだっけ。あ、そうだ。金魚の餌の話だよね」

「いや、それより……」

「顧問の先生があげてるから、大丈夫だよ！」

しゃがみ込んだまま明るい声で金魚たちの話をする望月に困惑する。どうしても保健室には行きたくないみたいだ。

「そういえば、名前つけてるって先生が言ってたけどなんだったかなぁ」

望月の笑顔に違和感を覚えても、上手く言葉で言い表せない。

差し伸べかけた手を握りしめて、俺は相槌を打つことしかできなかった。

第三章　残された時間

秒針の音が怖い。時間が刻一刻と過ぎているのを感じて、耳を塞ぎたくなる。

私の家は食事をするときはテレビをつけない。そのため、壁にかかっている時計の秒針の音が鮮明に聞こえてくる。特に最近は会話もなく、息が詰まりそうだった。

「椿、食べられなそうなら無理しなくていいからね」

目の前に座っているお母さんが心配そうに私を見つめている。

「うん。平気だよ」

以前なら、残さずに全部食べなさい。食事の姿勢、お箸《はし》の持ち方やマナーなど、口うるさく言っていたお母さんが今では真逆になった。

私が残しても怒らないし、マナーについてもなにも言わない。

嫌気がさしていたはずなのに、それがなくなると違和感を覚える。

気遣って顔色をうかがわれるよりも、小言を言われていた方がずっとよかった。

お味噌汁の具が喉に引っかかって咳をすると、慌てた様子でお母さんが立ち上がる。

「大丈夫？」

私は苦笑しながら、ただ具が喉に引っかかっただけだからと説明した。

「もっと食べやすいように小さく切った方がいいんじゃないか」

お父さんが、険しい表情でお母さんに指摘する。

「そこまでしなくていいよ」

「だけど、危ないだろ」

お母さんもお父さんも、最近は些細なことで大袈裟に反応する。私が物を床に落としただけで急いで駆け寄ってくるし、二階に荷物を持っていくだけなのに代わりに持とうとすることもあるのだ。

心配してくれているのはわかっている。でも、いつも通りにしてほしかった。

「……ごめんね、もう食べられなそう」

鮭とお味噌汁は食べられたけれど、お茶碗の中の白米は半分ほど残っていた。食が細くなっているのを痛感する。

「いいのよ。だいぶ食べた方じゃない。食器はそのままでいいから、部屋でゆっくり休んで」

「ありがとう。ごちそうさま」

リビングを出ると、私は逃げ込むように隣の部屋に入った。ここは元々お母さんの部屋だったけれど、今は家具を移して私の部屋になっている。私はいずれ、二階に上がるのも辛くなるかもしれないため、先月に移動したのだ。

私の顔色をうかがうお母さんの視線が頭から離れない。

小学生の頃から、常に親が望むようないい子でいなくちゃと思っていた。そうすればいつも褒めてもらえたから。

お母さんは教育熱心で、甘やかされた記憶よりも厳しくされた記憶の方が残っている。けれど、もう今の私はお母さんが望む姿でいることは無理になってしまった。今まで厳しい家から解放されたいと思っていたはずなのに、もうお母さんの期待に応えられなくなってしまったことが悲しくて、心にぽっかりと穴が空いていた。

ベッドの上に座って、腹部を手でさする。部屋着のショートパンツの締めつけがきついと感じるほどお腹が張っていた。それなのに腕や脚は細い。

今日、七緒ちゃんに「痩せた？」と聞かれたとき、一瞬顔が強張ってしまった。変に思われたかなと、少し不安になる。できれば最期まで、クラスメイトたちには知られたくない。誰にも憐れまれたくないし、態度も変わってほしくない。普通の同級生でいたい。

全身鏡の前に立ち、青白い自分の顔を見つめる。

貧血のせいか、時々立ちくらみがする。今日のお昼もそうだった。北原くんを心配させたくなくてとっさに話を変えたけれど、困惑しているようだった。

せっかく北原くんと会話が増えてきたのだから、クリスマスが終わるまでは恋人ごっこを満喫したい。

大丈夫。まだ時間はあるはず。だから、いつも通りの明るい私でいなくっちゃ。

自分を励ますように口の端を上げてみるけれど、どこかぎこちない。

鏡から視線をそらしてため息をついた。

本当はわかっている。私に残された時間は、あとわずかだ。

食が細くなって、体調が少しずつ悪化している。北原くんとの約束が終わるまでの一ヶ月、私は生きることができるのだろうか。

自分が病気に侵されていると知ったのは、今年の九月のことだった。

最初は倦怠感《けんたいかん》を覚えて、今年は暑い日が続いているせいで体調を崩したのだろうと思っていた。けれど、一向に体調はよくならず、体が浮腫《むく》み、微熱が続いた。

お母さんに病院へ連れていってもらって検査をした結果、肝臓の病気が見つかった。

夏風邪だろうと軽く考えていたので、病院の先生から告げられたときは頭が真っ白になった。まさか自分が重い病気になるなんて思いもしなかったのだ。

あるとき、お母さんが泣きながら話している声が聞こえて、残酷な現実を知った。

私の体は、このままなにもしなければもって半年。移植手術をしたら助かる可能性もあるけれど、ドナーが見つかる可能性は低いらしい。

頭を鈍器で殴られたような強い衝撃を受けて、そのとき自分がどのような反応をしたのか思い出せない。

自分が余命わずかだなんて、すんなり受け入れられるはずがない。

厳しかったはずの両親が心配症になり、遠方に住んでいる祖父母は電話越しに悔いが残らないように過ごしてねと何度も言ってきた。

それを聞いて、祖父母たちは真実を知っているのだろうなと察して、言葉にならない苛立ちを覚えた。

私のことなのに、私だけが知らない。

どうして言ってくれないんだと、叫びたくなったときもあるけれど、そんなふうに感情をぶつける勇気が私にはなかった。

感情では追いつかない部分があるけれど、頭ではわかっている。きっと両親はまだ高校生になったばかりの私のことを想って、真実を伝えなかったのだろう。だから、責めることができなかった。

そして、両親は私の体調が心配だからと、週に四日していた習い事をすべてやめる手続きをした。叱られることもなくなり、「椿のしたいように過ごしてほしい」と言われる。

私よりも先に周りが現実を受け止めて変わっていく。

心はついていかなくても、私は現実を受け止めるしかなかった。

だけど、悔いの残らないように過ごすって、どうやって?

成績や習い事に囚《とら》われる必要がなくなり、自由を得たけれど、なにをしたらいいのか思いつかない。今まで親に言われたとおりに勉強や習い事をして、学校でも周りと上手くやろうと過ごしていたのに。将来がない私には無意味な努力だったのだ。

誰とも繋がっていないSNSのアカウントを作って鍵をかけて、感情のままに投下する。そうすることで、ほんの少しだけど気が紛《まぎ》れた。

【なにもかも嫌だ】

【明日がくるのが怖い】

【今すぐ消えちゃいたい】

誰にも言えない私の戸惑いや苦しさを泣きながら吐き出して、翌日に消す。

それを一週間ほど繰り返したら、少しは感情の整理がついてきて、両親や祖父母に言われた、悔いのない過ごし方について考えられるようになった。

元々やめたかったので習い事には未練はないし、特別ほしいものもない。

今まで親に禁止されていたポテトチップスを好きなだけ食べたいとか、ネイルをしてみたいとか、やっぱり些細なことしか思いつかない。自由を得ても、案外やりたいことなんてちっぽけなことばかりだ。

そして、タイムリミットが迫る中、思いついたのが恋人ごっこだった。そのおかげで最近は充実している。

北原くんが私の作った歪《いびつ》なクッキーを食べてくれた姿を思い出して、頬がゆるむ。

全部食べてくれて嬉しかった。それに私のためにガトーショコラを作ってくれたときは、感動して涙が出た。

北原くんの手作りガトーショコラは、すごく美味しくて、食欲がなかったはずなのにぺろりと平らげてしまった。私の話をいつも嫌な顔をせずに聞いてくれるし、ちょっとそっけないところもあるけど、そこも楽しい。

素敵な人だと思うたびに、恋人ごっこに付き合わせてしまったことを申し訳なく思う。

私が病気じゃなかったらよかったのに。だけど、それなら今も北原くんとは会話を交わしたことがないクラスメイトのままだったはずだ。


毎朝、目覚めるたびに自分の体が動くかを確認する。

手を握って開いて、ベッドから起き上がって全身鏡の前まで歩く。

そうしてやっと実感する。今日も私は元気だと。

学校へ行く支度をして、お母さんが作ってくれた朝ご飯を食べたあと、北原くんにメッセージを送る。

【おはよう】

ただの挨拶だけど、毎朝の楽しみだ。北原くんが【おはよう】と送り返してくれる。

【今日もお昼一緒に食べよう！】

【わかった。じゃあ、またあとで】

最初にお昼に誘ったときはあまり乗り気ではなさそうだったけれど、慣れてきたのかすんなりと了承してくれた。この感じ、恋人っぽいかもと気分が上がる。

「椿、体調は大丈夫？」

お母さんが玄関まで見送りに来てくれて、不安げな表情をする。

「うん。大丈夫だよ」

「本当？　無理してない？」

「そんなに顔色悪く見える？」

ブルー系のリキッドファンデーションを塗りすぎて、逆に顔色が悪く見えるのかもしれない。病気になってから肌の色を隠すために、しっかり塗るようになっていた。今までメイクは軽くする程度だったので、あまり得意な方ではない。

洗面所でもう一度確認するべきだっただろうか。

「そうじゃないの。ただ……今朝もあまり食べてなかったから」

私がどんどん弱っていくように見えて、お母さんは心配しているようだった。

握りしめているお母さんの手に、自分の手を重ねる。お母さんの手は想像していたよりもひんやりとしていて、少し乾燥していた。指先もささくれがあり、赤くなっている。

「ここ最近ちょっと食欲がないけど、元気だから大丈夫だよ」

安心させるように微笑むと、お母さんは顔を強張らせながら笑った。

「たまにはそういう日もあるわよね」

今も両親は私に余命がわずかだということを隠している。手術のことだって詳しく聞かせてくれない。

最初は両親が私に本当のことを言ってくれないことがショックだった。けれど、お父さんは日に日にやつれていって、お母さんは精神的に不安定で涙もろくなった。その姿を見ていると、なにも言えなかった。

それに私が事実を知って生きる希望すらなくなることを、心配して伝えずにいるのかもしれない。

だから、私も気づかないふりをして笑う。

「それじゃあ、いってきます！」

軽く手を振ってから家を出た。清々しいほどの青空が広がっていて、まぶしい日差しが目に沁みる。

駅に向かって歩きながら、マフラーに口元を埋めてため息を漏らす。

近いうちにいなくなる私は、残していく人たちになにができるのだろう。

学校へ行くと、自然と教室の教卓へと集まる。なにか特別な話をするわけじゃない。だけど、なんとなく決まった女子のメンバーで集まって、お喋りをする。

昨日の塾の話とか、バイトの話。それと流行りの恋愛リアリティー番組や、アイドルの話など話題は尽きない。

「来週のれいれなのイベント当選したんだけど、誰か一緒に行かない？　ペアチケットなんだよね～！」

ひとりの子がお願いと両手を顔の前で合わせる。れいれなとは、今人気のカップルインフルエンサーだ。メイク動画やカップルの日常動画などをメインに活動していて、最近ではファンと交流するリアルイベントもしているらしい。

「私、れいれなあんまり知らないし」

周りの子たちが難色を示すと、「椿は？」と声があがる。

「え、私？」

「お願い、椿～！　一緒に行こ！」

ぎゅっと抱きつかれて、懇願《こんがん》されると断りにくい。けれど、れいれなのイベントに行っても私は場違いになってしまうし、体調の問題もある。

「ごめん。私もれいれなはあんまり知らなくって。だから、やめておくね」

抱きついている子の背中を軽く叩くと、残念そうに「そっかぁ」と言いながら離れていく。

「誰か興味ある人いないかな～」

「一組の秋羅《あきら》ちゃんは？　れいれな好きだったと思うよ。あと三組の小野ちゃんとか」

「誘ってみる～！」

以前なら興味がなくても頼まれたら、多少無理をしてでも一緒に行っていたと思う。断ると微妙な空気になるかもしれないと恐れて、合わせることも多かった。

だけど最近は、自分の気持ちをちゃんと伝えるようにしている。

自分の余命を知ってから、起こった変化のひとつだった。

そうはいっても今もまだ、周りの反応が気になることもある。流されずに、自分の気持ちを大切にするのは、簡単なようで私には少しだけ難しい。

私の今の発言で、微妙な空気になっていないかなとそっと周りの顔色を見る。けれど、私が断ったことなんて気にせずに、みんなは他にも興味がありそうな人がいないか考えている。

必要以上に顔色を見すぎていたのだなと改めて感じて、肩の力が抜けていく。

「はよー」

声がした方に視線を向けると、教室に入ってきた数名の男子の中に北原くんの姿を見つけた。朝が弱いのか眠たそうで、前髪が少し跳ねているのがかわいい。どうしたらあんなふうに前髪に寝癖がつくのだろう。

「付き合いたてって、いいよね～」

私の視線に気づいたのか、周りの子たちが生暖かい目でにんまりと笑う。

「北原って、ふたりでいるときも無口なの？」

「いやいや～、椿の前では喋るでしょ！」

「どんな感じで喋るのか気になる～！」

北原くんと私のことで盛り上がっている子たちに、七緒ちゃんが「あんまりからかわないの」と叱ってくれる。

「あ、北原がこっち見た！」

私が手を振ると、北原くんはぎこちなく手を上げて、すぐに視線をそらしてしまった。私たちのやりとりを見ていた子たちが、「かわいい～！」と声を弾ませる。どうやら初々しい恋人同士に見えているみたいだ。

私には北原くんが困っているようにしか見えないけれど。

「付き合いたてでしか得られない栄養があるよね」

「も～！ 変なこと言わないで～！」

ごめんね、北原くん。と心の中で謝罪をする。たぶん彼はこういう空気が苦手だろうな。それに好きでもない相手とのことでからかわれるのは、尚更《なおさら》困ると思う。

「北原と付き合ってから、椿、幸せそうだよね～。はぁ、羨ましい！」

「え、そうかな」

最初は本当に好きで付き合っているのか疑っていた七緒ちゃんまで頷く。

「椿から幸せオーラ出てる」

ひょっとしたら北原くんとの恋人ごっこが楽しいから、そんな風に見えているのかもしれない。


「って言われたんだけど、どう思う？」

手芸部の部室でお昼ご飯を食べながら、北原くんに今朝友人たちとした会話を話す。

「どう思うって、俺に言われても」

メロンパンをかじった北原くんは眉間に皺を寄せた。予想通りの返答で、私は小さく笑う。

「北原くんってば、相変わらずそっけないよねぇ」

金魚に話しかけると、私のことなんてお構いなしといった様子で水草に隠れてしまった。

「金魚たちにも振られちゃった」

呆れたようなため息が聞こえてくる。

「そもそも幸せオーラってなに」

「にこにこしてるとかそんな感じかな。でも確かに、北原くんと付き合ってからよく笑ってるかも」

「元々よく笑ってるじゃん」

その返答は予想外。北原くんは私のことなんて、あんまり見ていないと思っていた。

「まあでも、最近の方が素《す》で笑ってるって感じがするけど」

「……前は違って見えた？」

「上手く言えないけど、今の方が無邪気っていうか……前は大人びてる感じがした」

以前は周りに合わせて笑っていることが多かった。けれど、今は自分の気持ちを大事にしているから、自然と違って見えるのだろうか。私の些細な変化に気づいてくれたことが、ちょっとだけ嬉しい。

「北原くんは、私のことよく見てるね」

軽い口調で言うと、眉の間の皺がさらに深くなる。これはたぶん照れを隠しているときの顔だ。

少しずつお互いのことを知るのと同時に、別れも近づいてきていると感じる。

「一ヶ月経ったら、私に振られたたって話していいからね」

「それ周りに気を遣われるやつじゃん」

「こういうのは男子から振る方が反感買うんだよ」

いつか彼がこの恋人ごっこの本当の意味を知ったとき、気に病まなくていいように、私から別れを告げたことにしておきたい。

北原くんはなにも悪くない。私の気まぐれに付き合わされただけ。だからどうか、私とのひと月は淡い思い出程度にしておいてほしい。

「クラスで公認になってるし、来年お互いに過ごしづらくなりそうだけど」

北原くんとしては、クラス替えのタイミングで別れた方がいいと思っているようだけれど、私はきっとその頃はもういない。

私はいつまで学校に行けるかわからないし、この恋人ごっこは最初の予定どおりクリスマスまでにしておきたい。私のわがままに付き合わせてしまって、北原くんには申し訳ないけれど。

「私に別の彼氏ができて別れたとか、言っていいよ」

「そんなの言わないって」

私のことを悪く言ったって構わないのに。お人好しの北原くんは、誰にも真実を言わないと思う。だから、私みたいな人に振り回されてしまうのだろう。

「お詫びに北原くんが恋人としてみたいことがあったら、叶えるよ！」

「そんなのないけど……」

北原くんのことだから、自分からはなにも要求してこないはず。私は思い切って彼の手に自分の手を重ねてみる。

「たとえば、手を繋ぐとか」

すっと手を引き抜かれてしまい、北原くんは険しい表情を浮かべる。けれど、耳がほんのり赤くなっているのが見えた。やっぱり、こういう顔をするときは照れ隠しが多い。

「照れてる」

そんな指摘をしながらも、私は内心ドキドキしていた。

男の子と手を繋ぐなんて初めてだった。頬が熱くなるのを感じるけれど、この熱が彼に伝わらないように「冗談だよ」と笑って誤魔化す。

「そっちだって、照れてんじゃん」

「え？」

「顔赤いし」

北原くんは私を見て、顔をくしゃっとさせて笑った。

私の恋愛経験のなさを察したようだった。余裕のなさがバレてしまって恥ずかしいけれど、それよりも北原くんの笑顔に釘づけになる。

北原くんはいつもどこか他人と壁があるような気がしていたけれど、今はその壁が薄くなった気がした。

「男の子と手を繋ぐのなんて初めてだし、私だって緊張するよ」

素直に話すと、北原くんは「ふーん」とそっぽを向いてしまう。

「今度はちゃんと繋いでみる？」

右手を差し出す。けれど、私の手に北原くんの手が重ねられることはない。

「今しなくていいだろ」

「えー、じゃあ、いつ繋ぐの？」

「いいから早く食べなよ。昼休みなくなる」

本当はちょっと期待したから、残念だなぁって思う。彼氏と手を繋ぐなんて経験、もうできないかもしれない。だけど、嫌がる北原くんにこれ以上強要はできないので、手を引っ込める。

「そうだ。俺が明日お弁当作ってくる」

「え、本当に？」

「うん。なに作るか大体決まったから」

北原くんって結構真面目だ。昨日もメッセージで私の好きな食べ物を色々聞いてきて、メニューを考えてくれていたようだった。

「私の好みに合わせなくてもいいのに。北原くんが作りやすいおかずでいいよ」

「どうせ作るなら、望月の好みに合わせたい」

さらりとそんなことを言われたら、胃袋よりも先に心臓がぎゅっと掴まれてしまう。

「ありがと。楽しみにしてるね」

お菓子以外はそんなに自信がないらしいけれど、北原くんが作るお弁当は美味しいんだろうな。私も今度気合い入れて作らなくちゃ。

この間のお菓子作りも「椿がクッキー作るの？　大丈夫？」なんて言われたし、お母さんから見ても私は料理が不得意に見えるみたいだった。

そんな私がクッキーを美味しく作れたのは奇跡だ。……形はひどかったけれど。

お弁当はお母さんに手伝ってもらいながら作ろう。ちょっとズルかもしれないけど、不味《まず》く仕上がるよりはいいはず。

昼休みが終わる五分前に私たちは片付けをして立ち上がる。

後ろを向いた北原くんの襟足《えりあし》がちょこんと跳ねているのが見えた。前髪だけじゃなくて、後ろも寝癖がついている。

指先を北原くんの襟足に伸ばす。すると、北原くんの肩が大袈裟なくらいびくりと跳ねて、私の手を掴んだ。

「え、なに?」

「えっと……ここ、跳ねてるって伝えようと思って」

北原くんは目をそらして顔が赤くなっている。手は繋いでいるような形で掴まれたままで、私は心臓の高鳴りを感じた。

「いつものことだから」

「……そっか」

触れている手や頬が熱くて、心臓の音は聞こえてしまうのではないかと思うほど、うるさい。

昼休みが終わらなければいいのに。もっと長く一緒にいたい。そんな欲が生まれてしまう。

「早く戻ろう」

けれど、私の願いが叶うことはなく、北原くんは私の手を離すと、手芸部の部室から出ていった。私も彼のあとを追う。

数歩前を歩いている彼の背中を見つめながら、今までどんな距離感で歩いていたっけと疑問を抱く。

隣を歩いていたような気がするし、私が先を歩いていたこともあった気がする。今まで通りが思い出せない。

「そういえば、望月が一緒に行きたいって言ってた場所にはいつ行く？　駅ビルとかなら放課後に寄っていけそうだけど」

彼氏と駅ビルに立ち寄って、放課後デートがしたい。

この間、北原くんの前で書いたやりたいことのひとつだ。特別な意味があるわけではなく、なんとなく思いつきで書いただけだった。

恋人がほしかったのは、一度くらいは男の子と付き合う経験をしてみたいという憧れから。これはあくまで〝恋人ごっこ〟で、本当の恋愛じゃない。

勘違いしないように心の中で自分に言い聞かせる。

「どうかした？」

北原くんが立ち止まって振り返った。

「今日、デートしてくれる？」

心臓の鼓動が普段よりも速い。初めての感覚に戸惑いながらも、一歩、また一歩と進んで北原くんの隣に立つ。

「いいよ」

私には未来なんてないのだから、欲を持ってはダメ。

それなのに、百四十字の小説の一節が頭をよぎった。

《視線を奪われて心臓の鼓動が速くなったら、それは恋が息をし始めたとき》

放課後までそわそわして落ち着かなかった。

北原くんと一緒に過ごすのは初めてじゃないのに、やけに緊張する。

それに昼間に感じたのは、本当に恋愛感情といっていいのだろうか。愛読している百四十字の小説に書いてある言葉と、似たような感覚になったとはいえ、北原くんに惹かれたというより、言動にときめいただけかもしれない。恋愛経験がない私にとっては、この気持ちが一般的にいう恋なのか判別できない。

「あれ、椿？　帰らないの？」

帰りのホームルームが終わっても席に座ったままの私に、七緒ちゃんが声をかけてきた。

「う、うん。……今日は約束してて」

「ああ」と七緒ちゃんが納得したように、北原くんの席の方を見やる。北原くんは友達に引き留められてなにか話していた。

「声かけに行かないの？」

「邪魔しちゃわないかな」

「大丈夫じゃない？」

少し前だったら、声をかけに行っていたかもしれない。だけど、今日は近づくタイミングが掴めずにいた。

そんな私を見て、七緒ちゃんが吹き出した。

「椿って恋愛するとそんな感じなんだ」

「え、そんな感じって?」

恋愛という言葉に、心臓が跳ねる。冷静に話したいのに声がうわずってしまった。

「いつもはしっかりしてて、落ち着いてるじゃん。だけど、北原のことになると緊張とか照れがもろに顔に出ててかわいいなって」

くすぐったい感覚に、両手で顔を覆う。

七緒ちゃんに指摘されて、自分の変化に気づかされた。

もしも別の男子と恋人ごっこをしていたら同じように緊張して照れたりするだろうか。想像してみるけれど、きっと他の人だったらこんなふうにはならなかったはず。

「……どうしたら顔に出ないかな」

空いている私の目の前の席に座ると、七緒ちゃんが「無理無理」と楽しげに笑った。

「そんなのどうにかできるものじゃないでしょ。てか、なんで隠したいの」

「だって、恥ずかしいし」

恋人ごっこだから知られたくないとは言えない。私が惹かれていることを北原くんに知られたら困らせる。それに絶対に私が死ぬ前までに別れておかないといけない。巻き込んでしまった以上は、約束をちゃんと守らないと。

「あ、話終わったっぽいよ」

北原くんと話していた男子が帰っていくと、七緒ちゃんが立ち上がる。

「じゃあ、私も帰るね」

「うん、ばいばい」

軽く手を振ってから、私は机の横にかけていた鞄を手に取って席を立つ。すると、北原くんは私の席の方まで来て「帰ろ」と言ってきた。

約束をしているからだとわかっているけれど、口元がゆるみそうになった。

隣を歩きながら、北原くんの横顔を盗み見る。すぐに私の視線に気づいたようで、彼はきょとんとする。

「どうかした？」

「楽しみだなって思って」

「雑貨見るの好きなんだ？」

意図が全然伝わっていないみたいで、私は苦笑した。北原くんってちょっと鈍い。

「一緒に寄り道をするのが楽しみってことだよ」

「……この間も寄り道したじゃん」

何度寄り道をしても、もうじきタイムリミットがくる私にとっては一つひとつが特別なんだよ。なんて言えない。

北原くんにとっては、長い人生の中のほんの一瞬でしかないだろうし、いつか私と過ごした日々は色褪せていくはず。

それでもいい。私が身勝手に巻き込んだのだ。そう思うのに、一緒にいると欲が出てしまう。

あと少し、もう少しだけ、北原くんに近づきたい。


今日学校で起こったことなどたわいのない話をしていると、あっという間に駅ビルに着いた。エスカレーターに乗ると、北原くんが「何階だっけ」と聞いてきた。

「五……」

振り返ると、一段後ろに乗っている北原くんと目線が近くて息をのむ。

「五階か。あんまり行ったことないな」

いつもと目線の高さが違っているせいで、どこを見ればいいのか迷う。なにか返さないとと考えていると、突然腕を掴まれた。

「望月」

コート越しなのに、北原くんの熱が流れ込んでくるような感覚がして、私の体温が一気に上昇していく。

「前見ないと危ない」

「あ、うん。ごめんごめん」

振り返ると、エスカレーターが三階に到着するところだった。私が前を向くと、腕から北原くんの手が離れていく。

触れていた腕の部分を左手で掴む。熱がまだ冷めない。

彼の視界にいたくて、だけど見つめられると恥ずかしい。

もっと知りたい。もっと知ってほしい。そんな欲が顔を出す。

気づけば、私の恋がそっと息をし始めていた。


五階に到着すると、紺色の看板の雑貨店にふたりで入る。

アクセサリーなどの小物や化粧品、ルームウェアなど様々なものが売っているお店で、夏休みに七緒ちゃんたちと何度か来た。家の近くのお店にはない雑貨がたくさんある。

「かわいい〜！」

魚の形をしたガラスの小物置きで、鱗《うろこ》がピンクや黄色、水色などカラフルに色づけられている。

「それなに？」

「ここに小物を置くんだよ」

小物といってもなにを入れるのか想像がついていない様子の北原くんに、アクセサリーや鍵置きなど、色々と使い道があると話す。

「買うの？」

「ううん、やめておく」

意外そうに目を丸くした北原くんに笑いかける。

「雑貨は見るのが一番楽しいの！」

本当は以前だったら、購入していたと思う。だけど、片づけをする家族に負担をかけたくないから、私の部屋に物は極力増やしたくない。

「あ、見て！　ハンドクリームもかわいい！」

小花柄のパッケージのハンドクリームが三種類並んでいて、テスターが置かれていた。私は右端の水色のハンドクリームを手の甲に出してみる。

ふわりとシャボンの爽やかな匂いが香った。

「いい匂い」

ふと今朝のことが頭をよぎる。

……お母さんの手、ボロボロだった。

触れなければ、乾燥やささくれに気づかないままだった。きっと食器洗いや洗濯などの家事で、手が荒れてしまったのだと思う。

だけど、私がいなくなったあとに、このハンドクリームを見てお母さんが苦しくならないか不安だ。

「気に入ったなら、買った方がいいんじゃない」

「え？」

「見ているのが楽しいって言ってたけど、次来たときにもあるとは限らないだろ。売り切れてたら、あのとき買えばよかったって後悔するかもしれないし」

そうだ。後悔をしないために、私は今を好きに生きようって決めたんだ。

だから、こうして北原くんと一緒にいることができて、毎日学校が楽しいと思えるようになった。

それなのに家ではどうしても両親の顔色を気にして、無理してしまっていた。

残りわずかな時間だからこそ、大切な人たちとの思い出を作っていきたいのに。

「これ、買ってくるね！」

私は水色の小花柄のハンドクリームを持ってレジに向かった。

毎年両親の誕生日にはケーキを買ってお祝いしていたけれど、こうして形に残るものをプレゼントするなんて小学生のとき以来かもしれない。

ハンドクリームなんて突然渡したら、驚かせちゃうかな。喜んでくれるかはわからないけれど、お母さんに渡すのが楽しみだ。

店員さんにラッピングをお願いして、金色のリボンもつけてもらった。それを鞄にしまって、あたりを見回す。

お店の外に立ってスマホをいじっている北原くんの姿を見つけた。近づいていくと、すぐに私に気づいた北原くんが手を振った。

「おまたせ」

「他に行きたい場所ある？」

些細なやりとりから恋人っぽいなぁと感じて、口の端が上がりそうになる。

それから私たちは駅ビルの中を見て回った。ふたりでまったりと話しながら過ごす放課後の時間は、想像よりもずっと穏やかで心地がよかった。

「そろそろ帰る？」

北原くんがスマホを見ながら、私に聞いてくる。おそらく門限のことを気にしてくれているのだろう。

暗くなるまでに帰るというのは、私の病気が発覚してからできたルールだった。絶対に守らなければ叱られるというわけではないけれど、ふたりは心配するだろうし、できるだけ守りたい。

「そうだね。今日はありがとう」

名残惜しいけれど、充実した時間だった。

私たちは違う路線のため、駅で別れる。

北原くんの後ろ姿をそっと撮影した。誰かと別れるとき、こんなに名残惜しいと感じるのは初めてかもしれない。

駅のホームに着くと、どっと疲れが押し寄せてきた。倦怠感と、首の後ろが熱く感じてため息が出る。

幸い電車はそこまで混んでいなかった。この状態で満員電車だったら相当キツかったはずだ。ドアに寄りかかって目を閉じる。

楽しかった時間のことを考えたいけれど、体調のせいで思考が鈍くなっていた。

三駅目で私の降りる最寄りに着いた。人の波にのまれないように駅のホームにあるベンチに座る。

まだ大丈夫。

手を握りしめて、自分に何度も言い聞かせる。

九月の初めに余命半年と診断されてから、三ヶ月くらいしか経っていない。まだあと半分残されている。

次の通院はいつだったっけと考えながら、肺に溜め込んだ空気を吐き出した。

突然、病気がよくなったらいいのに。

そんな奇跡、起こるはずがないと頭では理解していても、わずかな希望を抱かずにはいられない。

「余命半年っていっても、絶対にあと半年間生きられるわけじゃないのよ！　椿はいつ死ぬかわからないの！」

お母さんの言葉を思い出して、視界が揺れる。不安にのまれそうで、必死に爪を立てて手を握りしめた。

持って半年。いつ私の命が終わるのかは誰にもわからない。


家に帰ると、リビングからお母さんが出てきた。私の帰りを待っていたようで、スリッパの音を響かせながら歩み寄ってくる。

「おかえり」

「ただいま」

私の帰りが遅かった理由を、聞いていいのか迷っているように見えた。鞄から袋を取り出して、お母さんに差し出す。

「お母さん、これ」

透明な袋に入っているため、中身は開けなくても丸見えだ。

「どうしたの？」

「ハンドクリームなんだけど、よかったら使って」

突然のプレゼントに戸惑っているお母さんに、手が乾燥しているでしょと言うと、泣くのを堪《こら》えるように笑った。

「ありがとう。大事に使うわね」

お母さんはプレゼントを開けると、早速手につけ始める。

「シャボンの香り？　すごくいい匂い！」

表情が明るくなり、声を弾ませながら何度も手の香りを嗅いでいる。

こんなお母さんの姿、初めて見た。胸のあたりがじんわりと温かくなって、私は自然と笑顔になる。

「それとね、お母さん。私に料理、教えてくれる？」

目をまん丸くして、お母さんは「急にどうしたの？」と聞いてきた。

「お弁当を作りたくて」

「おにぎりじゃ嫌だった？」

「違うの！　そうじゃなくて……」

お昼ご飯用にいつもお母さんが作ってくれるおにぎりは、私がリクエストしたものだ。私はパンよりもおにぎりが好きで、最近は食が細くなってきたので、おにぎりひとって足りている。

だけど、どう説明をすればいいのだろう。あくまでも恋人ごっこだから、彼氏にお弁当を作ると言うのは抵抗があるし、気恥ずかしい。

「友達と、その……作り合おうって話をしてて！　明日は友達が作ってきてくれるの」

お母さんは私の様子を見て、口元をゆるめた。

「そう。それなら、今度一緒に作りましょうか」

なんとなく見透かされている気がするけれど、深くは聞かれなかった。

夜ご飯が終わったあと、私とお母さんはお弁当の具材について話し合うことにした。

ソファに隣り合って座りながら、レシピサイトをスマホで見る。

北原くんが苦手なのはワカメで、好きなものは唐揚げらしい。

「唐揚げって、ハードル高いよね」

「やってみたらそうでもないわよ」

料理ができる人だからできる返答だ。私にとっては、揚げ物全般が難しそうでしりごみしそうになる。だけど、せっかくだし挑戦はしてみたい。……北原くんに喜んでもらいたいし。

「あとなにがいいかしら。ミートボールとか？」

「茶色すぎちゃわないかな。もっと彩りが綺麗な方がいいな」

「まあ、そうよねぇ。どうせあげるなら、おしゃれな感じにしたいものね」

お母さんの眼差しが温かくて、くすぐったい。視線から逃れるように、私はスマホでレシピを検索する。

「あ、これなら作れるかも」

アスパラのベーコン巻きの作り方を見ると、私でもできそうなくらい簡単そうだ。自信はないけど。

「どれ？」

お母さんにスマホを傾けて、レシピを見せる。

「そうね。これなら、難しくなさそう」

「じゃあ、これは決定っと」

勉強しなさいとか、もう寝なさいと言われない夜は新鮮だ。

私にとってお父さんは厳しいところがあっても、なんだかんだ甘やかしてくれる存在だけど、お母さんはちょっとだけ遠い存在だった。こんなふうに一緒にお弁当を作ろうとしたこともなかったし、学校の話もほとんどしない。

会話と言えば、勉強のことや成績、習い事についてばかりだった。ふたりで笑い合うことすら久しぶりな気がする。

もっと早くに話していたらと思う気持ちもあるけれど、それでも今こうして心の距離を近づけることができた幸せを噛みしめる。

隣からは、シャボンの優しい香りがした。

第四章　雨のち晴れ

誰かのためにお弁当を作るのは初めてだけど、やるからには成功させたい。

望月の好みをしっかり把握して、彩りを考える。作る前にノートにどのようにお弁当箱に詰めるのかも図で描いてみた。

「うわぁ、なにこれ」

風呂上がりの姉ちゃんが俺のノートを後ろから覗き込んでくる。

「お弁当作るのに設計図みたいなの描いてんの？」

すぐに腕で隠したけれど、すでに見られたあとなのでもう遅かった。リビングで作業するんじゃなかった。

「あんたと付き合う子、大変そう」

「……なんでだよ」

「いやぁ、彼氏にここまでされたら自分が作りにくくなるでしょ。ハードル高すぎて」

別に俺は望月に同じようなものを求めているわけじゃないし、望月が料理をするのが苦手なことを知っている。ただ俺が作ることにこだわりがあるだけだ。

「彼女にお弁当作るって話した？　突然渡されても困るだけだからね」

「話してるし」

姉ちゃんがにやっと笑ったのを見て、しまったと思った。

「やっぱり彼女なんだ〜？」

母さんたちに明日お弁当を作っていくからキッチンを使うと夕飯のときに話したら、彼女かと聞かれた。そのとき違うと否定したのに、結局バレてしまった。

隣に座り、「どんな子？」と聞いてくる姉ちゃんにうんざりする。

からかえそうなネタを見つけたらしつこく言ってくるので、しばらくは彼女の話題で絡んできそうだ。

「クラスメイト」

経験上、なにも答えないとさらにしつこくなるので、当たり障りなく答えておく。

「え〜、いいなぁ。同じクラスの彼女とか、高校生って感じ！」

今年の三月までは高校生だったくせに、なに言ってんだと口に出しそうになってのみ込む。反抗すると倍になって返ってくるに違いない。

「写真ないの？」

「ない」

一度も撮ったことがないし、望月がやりたいと言っていたことの中にも含まれていなかった。恋人ごっこなのだから、当然かもしれないけれど。

「かわいい？」

止まらない質問にため息が漏れる。

あー……面倒くさい。かわいいと答えたら、家に連れてこいと騒ぎそうなのでこれだけは答えたくない。

それにクリスマスまでの関係なのだから、姉ちゃんにあまり望月について話す必要はない。

「もうそろそろ作るからどいて」

ノートを手に取って立ち上がると、姉ちゃんが不満そうに文句を言ってくるけれど、受け流しておく。

「余ったら、明日持っていってもいいけど」

「本当？　やった～！　最近、学食飽きてきてたんだよね～」

「じゃあ、今から集中するから」

お弁当の効果は大きいらしく、姉ちゃんは大人しくリビングを出ていった。ようやく静かになって、おかず作りを始める。

まずは大葉とチーズ、エビを春巻きの皮で包み、油で揚げる。この春巻きは、冷めても美味しいので弁当にも合う。家族も好きなので多めに作っておく。

他には、望月が好きだというシイタケを使ったつくねを作って、ニンジンのきんぴらとサツマイモの甘煮、トマトとオクラのマリネを作る。

あとは朝に卵焼きを作って、お弁当箱に詰めれば完成だ。

洗い物が終わり、ソファに座って休憩する。ふとキッチンに立つことに抵抗が消えていたことに気づかされる。それほど作ることに夢中になっていたみたいだ。自分の中で呪いのようだった同級生の言葉も、思い出すことはなくなっている。きっと望月が作る楽しさを思い出させてくれたおかげだ。

また今度お菓子を作ったら、望月は喜んでくれるだろうか。


翌日の昼休み、手芸部の部室で俺は作ってきたお弁当箱を広げる。すると、望月はスマホで様々な角度から写真を撮り始めた。

「すごい！　美味しそう！」

「そんなに撮る必要ないだろ」

ざっと十枚は超えている気がする。俺が作ったのを撮っても、価値なんてないと思うけど。

「何度も見返すの！　だって、私のために北原くんが作ってくれた貴重なお弁当でしょ」

それならまた作ってこようかと言おうとしてやめた。これはあくまで恋愛の疑似体験で、本当の彼氏でもないのに何度もお弁当を作ってくるのは、重いかもしれない。

「いただきます！」

春巻きを食べた望月はうっとりするように微笑む。どうやら気に入ってもらえたみたいだ。俺も自分のお弁当を開けて、春巻きを食べる。まずまずの出来だった。

「やっぱり北原くんはすごいね！　こんなに美味しいお弁当作れるなんて！」

「普通だって」

そんなに凝ったものは作っていないし、見栄えだってごく普通のお弁当。それなのに望月はキラキラとした眼差しで、おかず一つひとつを大切そうに食べる。

「私ね、そんなに食べられないんだけど、でも北原くんが作ってくれたお弁当は全部食べられそう！」

「望月って少食だもんな」

一応、望月のお弁当箱は小さめにして、おかずの量も少なめにしておいた。それでも普段はおにぎり一個の望月にとって、このお弁当の量は多いはずだ。

「……そうだね。気持ちとしてはたくさん食べたいんだけどね」

お腹のあたりをさすりながら、望月が目を伏せる。少食なことを気にしているようで、失敗したなと内心焦った。

「苦手なおかずとかない？」

事前に好みを聞いて作ったので、嫌いなものはないとわかっていても、話題を変えるためにとっさに思いついたのがこれだった。

「ないよ！　全部私の好きなものばっかり」

望月の表情が明るくなり、胸を撫で下ろす。

食べる量とか体型のことはたぶん触れない方がいいのだろう。今後は気をつけようと決意しつつも、ふと望月の顔のラインが以前よりもほっそりしたように感じた。元々細かったけれど、さらに痩せた気がする。

「私も張り切って作ろーっと！」

「……普通でいいからな、普通で」

「変なことはしないから大丈夫だよ」

チョコレートを電子レンジで溶かそうとして焦がした望月が、いったいなにを作る気なのか不安だ。とはいえ、クッキーは美味しかったのでそこまで心配する必要はないかもしれない。


翌日、手芸部の部室に行くと、望月はまだいなかった。

水槽の前まで行き、金魚を眺める。二匹の真っ赤な金魚は今日も優雅に泳いでいた。指先をガラスに伸ばすと、金魚が近づいてくる。口をわずかに開けているので餌だと思ったのかもしれない。その様子が少しかわいかった。

ドアを開ける音がして、振り返ると望月が部室に入ってきた。

「今日も元気に泳いでるね〜」

望月は身を屈めて、ニコニコしながら水槽を覗き込む。

「そういえば、この間金魚の名前を先生に聞いたんだけど、たくさんあるみたい」

「たくさんってどういうこと?」

「先生は、こっちの子が紅で、尾っぽの先が白っぽい子を白って呼んでるみたいだけど、卒業した先輩は苺と大福とか、茜と梅とか呼んでたんだって」

名前を呼ばれたところで金魚にはわからないだろうけど、いくつも名前があったら大変だなと苦笑する。

望月もなにか名前をつけようかなと言って腕を組む。すぐに閃《ひらめ》いたのか、「そうだ!」と声を上げた。

「雪と椿」

俺らの名前からとってつけたことがすぐにわかり、「却下」と即答する。

「えー、なんでよ。いいじゃん」

「やだよ。俺らの名前つけるなんて」

まるで付き合いたてで浮ついて自分たちの名前をつけたみたいで、誰かに知られたら恥ずかしい。

「北原くんは、名前の一部だしいいでしょ。ね、雪」

俺じゃなくて金魚の名前を呼んでいるとわかっていても、自分の名前を呼ばれた感覚になる。心臓に悪いのでやめてほしいけど、望月は引き下がらないだろうから諦めるしかない。

「さ、お昼食べよ！　今日は私がお弁当作ってきたから！」

望月は机の上にお弁当を置くと、得意げに微笑む。

蓋を開けると、レタスが器のようになっていて、そこには様々な具材がのっていた。アスパラのベーコン巻きや花形にくり抜かれたニンジンのソテー、ミニトマトと卵焼き。そして俺の好物の唐揚げも入っていた。

「お母さんに手伝ってもらったんだけど、卵焼きは私が全部ひとりで作ったんだよ」

お箸で卵焼きを掴むと、焼き目がついている。それを見て、望月が苦笑した。

「ちょこっとだけ、焼きすぎちゃって」

望月らしいなと思いながら、卵焼きを食べる。焼きすぎたからか表面は硬めだけど、味は出汁《だし》が効いていて美味しかった。

「どう？」

強張った顔で望月が聞いてくる。

「美味しいよ」

俺のたった一言に、望月は脱力して机の上に伏せた。そんなに緊張するほどのことだったのかと驚いたけれど、俺が味についてロうるさく言うと思っていたのかもしれない。

「俺、出汁の効いた卵焼き好き」

「よかった〜！　この間、甘いのより出汁が効いてしょっぱいのが好きって言ってたから、挑戦してみたの」

もっと気の利いたことを言えたらよかったけれど、思い浮かばなかった。それでも望月は嬉しそうにしてくれる。

「お母さんと一緒に料理する機会なんて全然なかったから楽しかったなぁ」

望月の豪快な包丁の使い方を見た母親が慌てて止めて、使い方からまず教えてくれたらしい。味見をしてお互いの感想を言い合うのが楽しかったとか、夜は家族みんなで唐揚げを食べたとか楽しげに話す。

「お父さんなんてね、唐揚げをすっごく気に入ってくれたみたいで泣きそうになってたんだよね。だから、また作ってみようかな」

「俺も家族に食べてもらって、喜んでもらえたのがきっかけでお菓子作りにハマったから、望月も料理にハマるかもしれないな」

望月を通して過去の自分を思い出して懐かしくなる。小さな達成感や嬉しさから、作る楽しさを知っていった。

てっきり望月が肯定的な返事をするかと思っていたけれど、少し寂しげに微笑んだ。

「もっと早くから料理をしてみたらよかったなぁ」

「今からだって遅くないだろ」

料理を始めるのは、何歳からだって関係ない。望月が将来の職業について言っているとしても、まだ進路はいくらだって変えられる。

「やりたいことがあったら、やった方がいい」

望月が以前俺に言ったことを口にする。わずかに目を見開いた望月が、小さく笑った。

「そうだね。今できるうちにやっておこうかな」

望月の昼食は、お弁当箱とは言えないほど小さな容器に唐揚げやアスパラのベーコン巻きなどが入っている。

「あ、そのニンジンはね、バターソテーにしたんだ！　最初細長く切ろうとしたんだけど、お母さんがどうせならかわいくしたらって言って、花柄の型で作ることになったんだよね」

先ほどの寂しげな雰囲気は嘘のように消えて、おかず一つひとつのエピソードを望月は話してくれた。望月にとって料理はいい思い出になったらしい。

話題が次々と出てきて話が尽きない。この時間が少しでも長く続けばいいと願ってしまう。

恋人ごっこが終わったあと、俺たちはせめて友達くらいにはなれるだろうか。そんな淡い期待を抱くくらいには、望月といるこの時間を俺は気に入っているみたいだ。けれど、別れたらこうしてお昼を一緒に食べることはなくなるはずだ。

まぶしいほどの望月の笑顔を見つめながら、俺は口角を上げる。

俺はただの彼氏役。だから、それ以上は望んではいけない。クリスマスが終われば、クラスメイトに戻るだけだ。

翌週の月曜日のことだった。

手芸部の金魚が死んだ。尾っぽまで真っ赤な金魚が一匹、水槽の中に横向きに浮いて、力なく流されていた。

水槽の中は元々冷たいのに、金魚だけが冷たくなっているように感じて、身震いする。

望月は呆然と立ち尽くして水槽を見つめていて、触れたら崩れ落ちそうなくらい危うく見えた。

俺はすぐに金魚を管理していたという手芸部の顧問の先生に知らせようと職員室まで行って、状況を説明した。

「そう……今朝は元気そうだったのに」

先生は白髪交じりのショートヘアで丸くて分厚いメガネをかけている。穏やかな話し方で優しそうな人だ。

「水槽から出してあげた方がいいと思うんですけど、いいですか」

「ええ、ちょっと待ってね」

定期的に先生が水槽の掃除をしていたそうで、金魚をすくうための網とバケツを貸してくれる。

「これをよかったら使って」

「ありがとうございます」

金魚をどうやって水槽からすくい上げるか考えていたので、網があって助かった。

先生が窓の外をちらりと見る。

「今日は雨が降ってるから、北原くんたちが濡れちゃうでしょう。あとで先生が埋めてこようか？」

「いえ、俺たちで埋めてきます」

なんとなく、望月のためにもそうした方がいい気がした。

「そう。ありがとね。花壇に園芸部のスコップがあると思うから、それを借りて埋めてあげてくれる？」

「わかりました」

手芸部の部室に戻ると、望月は暗い表情のまま椅子に座っていた。

「これ、借りてきた」

網とバケツを見せると、「ありがとう」と掠《かす》れた声が聞こえる。水槽の中に浮いている金魚をすくい上げてバケツの中に寝かせた。水のない場所に移されても、金魚はピクリともしなかった。

口数が少なくなった望月を連れて昇降口へ行くと、細い糸のような雨が地面を濡らしている。傘立てからビニール傘を一本借りて、俺と望月は校舎を出た。

先生が言っていたとおりに、園芸部が使っているスコップを花壇からひとつ借りる。どこに埋めるべきか考えながら、ひとまず裏庭に向かった。

あまり人に踏まれなそうな場所を探しながら、ベンチの前で立ち止まる。後ろには高い桜の木が連なっていて、ここなら踏まれにくそうだ。

「この木の近くにする？」

俺が聞くと、望月が頷く。金魚のことがよほどショックだったのか、それとも今日は天気が悪くて外が薄暗いせいか望月の顔色が青白く見えた。

木の根の近くに穴を掘る。なるべく金魚の亡骸《なきがら》を望月には見せないようにしながら、土をそっとかぶせていく。

自由気ままに優雅に泳いでいた金魚の姿が思い浮かんで、鼻の奥がツンと痛む。もうあの姿は二度と見ることができない。

「先週は元気だったのに」

望月が消えそうなほど小さな声で呟いた。

「こんなにあっけなく死んじゃうんだね」

泣いているのかと思ったけれど、望月は辛そうに眉間に皺を寄せて涙を堪えているようだった。

小学生の頃に飼っていたカブトムシの死や、祖父母の家にいた犬が亡くなったときのことを思い出す。

生き物はいつか死ぬ。誰だって、それはわかっている。だけど、死を目の当たりにするのはいつだって苦しい。

金魚を埋め終わると、立ち上がってビニール傘の中で望月と向かい合う。

「俺たちが忘れないでいよう」

どう声をかけるべきか迷いながら出てきた言葉はこれだった。ありきたりで、今の望月には余計な一言かもしれない。だけど、俺たちにできることはこのくらいだ。

「本当に？」

「え？」

「本当に忘れない？」

今にも泣き出しそうな表情で望月が俺を見つめる。

「……北原くんにとっては、ほんの少しの時間会っていただけなのに」

彼女の言うとおり、俺は手芸部の部室で昼休みに数えるほどしか金魚に会っていない。特別な思い入れがあったわけではないし、望月ほどの痛みを覚えているわけではないかもしれない。でも、愛着は芽生えていたので寂しいことには変わりなかった。

「ほんの少しでも一緒に過ごしたんだから、忘れない」

たぶん俺は、望月との恋人ごっこが終わったあとも、この日々を忘れないだろうし、金魚たちのことだって覚えていると思う。

「じゃあ、私が――」

ビニール傘に雨の滴《しずく》が勢いよく落ちてくる。ばちばちと音が鳴って、望月の言葉はかき消されてしまった。

「望月……」

「そろそろ戻ろっか」

彼女がなにを言っていたのか聞き返すことはできないまま、俺たちは校舎の中へ戻った。

翌日は望月から昼は別々に食べようと連絡がきた。金魚が一匹いなくなった手芸部の部室を避けているのかもしれない。

「なになに、もう倦怠期？　まだ付き合って一ヶ月も経ってないのに」

俺の席の前でコロッケパンを食べながら、坂本がにやついている。

「別に毎日食べる約束してるわけじゃないから」

昨日のことがあったからか、望月は元気がなさそうに見える。それが原因なのか、坂本は俺と望月が喧嘩をしたと思っているようだった。

「早めに謝っておいた方がいいんじゃね」

「なんもしてないのに、謝っても意味不明だろ」

「うわぁ、そういう考え方だから喧嘩すんだよ」

「だから、喧嘩なんてしてないって」

金魚が死んで望月が落ち込んでいると話したところで、坂本は信じない気がする。それに望月について話すのも気が引ける。

「だったらなんで、山口が睨《にら》んでんだよ」

教卓の方に視線を向けると、女子のグループが集まって昼ご飯を食べている。その中に望月がいて、彼女の隣に座っている山口七緒が鋭い視線をこちらに向けていた。

「身に覚えがなさすぎるんだけど」

「女子たちでお前のこと話してるんじゃね」

望月に元気がないので、山口が勘違いしているのだと思う。居心地は悪いけれど、本当になにもしていないのでこのまま山口は放っておくしかない。

それより望月を励ますためになにができるかを必死に考える。けれど、食べ物以外なにも思い浮かばない。

またお菓子を作るというのもいいかもしれないけれど、ワンパターンな気がする。

望月が付き合ってやってみたいことや行きたい場所をノートに書いていたけれど、それを一緒に叶えたら少しは気晴らしになるだろうか。

「屋上……」

そういえば、屋上に行ってみたいと書いていた。

どうして屋上なのかと聞いたら、ドラマや漫画でよく出てきて憧れると話していて、俺にはさっぱり理解できなかったけれど。

「え、屋上？　なんだよ、急に」

「いや、屋上って音楽室がある階段の方から行けるんだっけ」

「そうだけど。でもうちの学校って、屋上の鍵閉まってるから外出れないよ」

鍵は職員室に保管されているだろうし、そうなると屋上へ行くのは不可能だ。屋上へは連れていけないことが確定して、がっくりと肩を落とす。そうなると別の案を考えないといけない。

「あ、でも三年の先輩が鍵持ってるって言ってたな」

「誰？」と食い気味に聞くと、坂本が目を見開く。

「小嶋先輩。ほら、俺らが入学したばっかのときに揉めてた人」

顔は見たことがないけれど、金髪にしていて派手な雰囲気の三年生だと聞いたことがある。腕っ節が強く、喧嘩ばかりしているらしく、四月頃にも殴り合いをして、校内が騒《ざわ》ついた。そのときはヤバい学校に入学したかもと思ったけれど、あれからは特にそういう暴力沙汰は聞かない。

「でもなんで小嶋先輩が鍵持ってんの？」

「陸上部の先輩から聞くには、小嶋先輩がこっそり職員室から鍵を持ち出して、スペア作ったんだってさ。それで屋上を溜まり場にしてるらしい」

学校に内緒でスペアを作っているなんて、バレたらかなりヤバそうだ。けれど、最後の頼みの綱は小嶋先輩の持っているスペアしかない。

「てか、そんな屋上行きたいの?」

「なんとなく興味があって」

「なんだよそれ」

望月が行きたがっているからと坂本の前では言いづらい。

「小嶋先輩って結構怖そうだし、鍵は諦めたら。三年の間では貸し借りしてるらしいけど、俺ら一年に貸してくれるとは思えないし」

「……そうだな」

喧嘩っ早いという小嶋先輩に会いに行ってまで屋上の鍵を借りる必要があるのだろうか。望月が屋上へ行きたいと書いたのは、ちょっと憧れただけで絶対に叶えたいわけではないかもしれない。


放課後も望月から特に連絡はなかったので、ひとりで下校する。

駅ビルの前を通りすぎようとして足を止めた。望月がかわいいと言っていた、ガラスでできた魚の形をした小物置きはまだあるだろうか。

エスカレーターで五階まで行き、雑貨店で小物置きを探す。

この間と配置が微妙に変わっていたけれど、魚の形をした小物置きが一点だけ置いてある。もしかしたらこれが最後なのかもしれない。

手に取ってレジに向かうか迷って、棚に戻す。

望月はほしそうにしていたように見えたけれど、結局買わなかった。俺が勝手に買って渡しても迷惑がられるだろうか。

元気がなさそうな望月の姿が頭に浮かんで、もう一度手に取る。これをあげて少しでも元気を出してもらいたい。

翌日も望月は元気がなく、昼は別々に食べた。昨日、買った魚の小物置きを持ってきたものの渡すタイミングが掴めない。

そもそも今の状況であれをあげて、喜んでもらえるのか不安になってくる。

「早く仲直りしろって」

再び坂本から言われて、俺は苦笑する。このままだとあっという間にクリスマスがきそうだ。そしたら自然消滅として終わるのだろうか。

「ただ謝るだけじゃ意味ないからな」

「わかってるって」

謝り方についてロうるさく言ってくる坂本から逃げるように席を立つ。

「飲み物買ってくる」

廊下に出て、自動販売機がある二階まで降りる。

俺から連絡を取るべきか、それとも望月からの連絡を待つべきか。

食堂近くの開けた場所に自動販売機が二台並んでいる。俺が買いたい飲み物が販売されている方に先客がいて、少し離れた位置で買い終わるのを待つ。

「小嶋〜、俺のも買ってー」

「自分で買えよ」

聞こえてきた名前に目を見開く。上履きに赤いラインが入っているので三年生だ。髪色は以前とは違って赤茶色になっているけれど、おそらくあの人が——。

「小嶋先輩……」

うかつに口にしてしまったため、先輩たちが振り向いた。

小嶋先輩の切長な目が、俺を捕らえる。表情がなく、冷たい空気を纏《まと》っている。

「なに？」

もっと荒々しい感じの人かと思っていたけれど、人を殴ったら逆に自分のこぶしが折れてしまうのではないかと思うほど線が細い。けれど、どことなく危険な雰囲気だ。

小嶋先輩の隣にいる黒髪の先輩が顔を強張らせながら、俺たちを交互に見ている。

話しかけてしまった以上は、なんでもありませんで片付けることはできない。

意を決して口を開く。

「屋上の鍵のスペアを先輩が持っているって本当ですか」

俺の発言に小嶋先輩が眉を寄せた。無言で距離を詰められて、頭のてっぺんから足の爪先まで凍りついたように動かなくなる。

「そうだけど、だったらなに？」

答え方次第では、殴られるかもしれない。

ためらっていると、小嶋先輩は俺に興味をなくしたように背を向けて、自動販売機の前で飲み物を買い始める。

「貸してもらえませんか」

「なんで」

飲み物が取り出し口に落ちる音に、小嶋先輩の声が重なる。

理由を話しても納得してもらえなそうなので、どうしたら貸してくれるのか必死に考えたもののなにも浮かばない。

小嶋先輩はこちらを見ることなく、階段を上がっていく。もうひとりの先輩が苦笑して俺に「ごめんな」と言って、小嶋先輩を追いかけていった。

今日初めて話したのに、いきなり屋上の鍵を貸してほしいなんて言われても、すんなり貸してくれるわけがない。

変に目をつけられて面倒ごとになる前に、屋上の鍵を手に入れることは諦めた方がいい。

自動販売機でお茶を買って、教室に戻ることにした。

一段ずつ階段をのぼりながら、望月が楽しげに屋上について話していたことや、金魚のことで落ち込んでいる姿を思い出す。

それに望月は、俺にもう一度お菓子作りをするきっかけをくれた。まだなにも返せていない。

三年生の教室がある三階で足を止めた。

小嶋先輩に鍵を借りたい理由を話したとしても却下されるかもしれない。それでももう一度、ダメ元で聞いてみよう。

廊下の方まで歩いていくと、昼休みだからか三年生たちがたくさんいて談笑している。学年がふたつ違うだけで、三年生は大人に見えた。その中を歩いていくと、俺だけが異質な存在に感じる。

小嶋先輩の教室がどこにあるのかわからないので、一組から順に覗いていく。

「あれ、さっきの」

振り向くと、自動販売機のところで小嶋先輩と一緒にいた先輩がいた。

「小嶋、探してんの？」

「はい。どこのクラスか教えてもらってもいいですか」

「三組。呼んであげるよ」

親切な先輩と会えて、ほっとする。三組の前まで行くと、小嶋先輩を呼んでくれた。

気だるげに教室から出てきた小嶋先輩が、俺を見て眉間に皺を寄せた。

「……なに」

小嶋先輩は、腕を組んで壁に寄りかかり俺を見下ろす。その威圧感に息をのむ。

「一度だけどうしても屋上に行きたいんです。鍵を貸してもらえませんか」

「別に屋上なんて行っても楽しくないと思うけど、なんでそんなに行きたいわけ？」

特別な理由でもあるのかと疑い深そうに小嶋先輩が俺を見てくる。もうひとりの先輩はそんな俺らの会話を落ち着かない様子で聞いていた。

事情を話したら呆れられるか、喧嘩っ早い小嶋先輩ならそんな理由でと殴ってくるかもしれない。けれど、ここまで来た以上は引き返せない。

「彼女が一度でいいから屋上に行きたいって言ってて、それで……先輩がスペアを持っていたらお借りしたくて」

殴られる覚悟で歯を食いしばった。すると小嶋先輩はうつむいて、肩を震わせ始める。

「それで俺に声かけたのかよ」

小嶋先輩はおかしそうに笑っていて、殴られると思っていた俺は拍子抜けした。

もしかしたら呆れられているのかもしれない。そう思うと羞恥心《しゅうちしん》が押し寄せてきた。

「……すみません」

「あっははは！　彼女が行きたがってるからって……そんな理由で鍵貸してくれなんて初めて言われたわ」

あまりにも声を上げて笑われるものだから、この場から逃げ出したくなる。

ひとしきり笑い終えて落ち着いたのか、目尻の涙を指で拭った先輩は「ごめんごめん」と謝ってきた。

「馬鹿にしてるわけじゃなくてさ。想像とは違ってて、びっくりした。なんかやベーことでもする気なのかと思ったわ」

俺が鍵を借りたい理由を話すのをためらったため、悪いことに使うのかと思っていたみたいだ。だから、小嶋先輩は最初、鍵を貸してくれなかったらしい。

それに小嶋先輩の方こそ、印象が想像とは違っている。もっと怖くて、ピリついているイメージだった。

「別にいいよ。俺、最近あんまり使ってないし」

小嶋先輩は財布から銀色の鍵を取り出すと、俺の手のひらにのせた。

「あげる」

「これ、俺も先輩からもらっただけだし、そんな思い入れあるわけじゃないからさ」

小嶋先輩が職員室に忍び込んで、内緒でスペアを作ったと坂本から聞いたけれど、
どうやら事実は違っているみたいだ。

「俺もあとちょっとで卒業だから、誰かに渡そうと思ってたし、ちょうどいいや」

冷たい鍵を握りしめて、頭を下げる。

「ありがとうございます」

「先生には見つからないようにな～」

小嶋先輩は軽く手を振って、教室に戻ろうとする。

「あの、なにかお礼させてください」

「そんな別にいいけど……」

少し考えるようにしたあと、小嶋先輩は俺が持っているものを見て、にやりとした。

「じゃー、それでいいよ」

対価として小嶋先輩が選んだのは、さっき買ったお茶のペットボトルだった。

「これでいいんですか？」

「いいって。じゃ、もらっとくわ」

俺の手からペットボトルを取ると、教室に戻っていく。取り残された俺に、案内し

てくれた先輩が「よかったな」と軽く肩を叩いた。

「ありがとうございました！」

もらった鍵をズボンのポケットの中にしまう。

これで望月の願いをひとつ叶えることができる。落ち込んでいる彼女を励ませるかはわからないけれど、気晴らしにはなるかもしれない。

教室に戻ったあと、望月にメッセージを送る。思い返せば付き合った翌日以外は、いつも望月から連絡をくれていた。

【放課後、空いてる？】

俺なりに何度も考えて送った一言に、すぐに望月は返事をくれた。

【空いてるよ！ もしかしてデートのお誘い？】

メッセージ上ではいつもの彼女で少しほっとしたものの、無理をしているような気もする。

放課後、帰りのホームルームが終わると、俺はそのまま席で人が減るのを待つ。

「じゃーな」

部活へ行く坂本を見送り、スマホをいじっていると望月からメッセージが届く。

【北原くんから誘ってくれるなんて嬉しいな〜】

【別にたいしたことじゃないから】

変にハードルを上げられても辛いので、一応そう返しておいた。魚の小物置きや屋上で望月がどのくらい喜んでくれるのかはわからない。

【北原くんと会うの久しぶりな気がしちゃう。昨日一緒に過ごさなかっただけなのにね】

返事に迷って、文字を打つ手を止める。

大丈夫かと聞くのは、逆に望月にとって辛いことを思い出させてよくないかもしれない。まだ金魚が亡くなって二日しか経っていないのだから。

「北原くん、もう私たちふたりだけだよ」

振り返ると望月が立っていた。いつのまにか教室には、俺らしかいない。

俺の隣の席に座ると、頬杖をついて望月が口の端を上げる。

「北原くんと隣の席になってみたかったなぁ。あ、でも斜め後ろの方がよく見えるかな？」

「三学期になったら席替えするらしいけど」

「……三学期かぁ。近くになれたらいいな～！」

でもその頃、俺らは別れている。それなのに近くになれたらなんて、おかしな話だ。

だけど、それを指摘できるような空気ではなかった。

声だけ明るくて表情にはどこか影があり、元気なフリをしているように見える。

「それで、今日はどうして誘ってくれたの？」

望月は俺がなにか理由があって誘ったと確信しているようだった。

いざ渡すとなると緊張して、言葉が出てこない。なんて言えば、引かれることなく自然に渡せるのだろう。

「この間……雑貨見に行ったときに」

言葉に詰まり、沈黙が続く。この時間が一番カッコ悪い。

鞄を開けて、白い袋に入った物を望月の目の前に置く。込み上げてきた羞恥から逃れるように、上手く伝えることを放棄した。

「え、開けていいの？」

頷くと、望月がおずおずと袋を開けた。中身は割れないように薄茶色の紙で丁寧に包まれていて、貼り付けられているテープを外していく。

「これ……」

ガラスでできた魚の小物置きを、望月は目を丸くしながら見つめている。

「買ってきてくれたの？」

「いらなかったら、俺が使う」

気の利いたことが言えずに、とっさに予防線のような言葉を返してしまった。望月にもらってほしくて買ったのに、こんな言い方しかできない自分に呆れる。

「嬉しい！　ありがとう」

顔をほころばせた望月は、大事そうに魚の小物置きを手で包み込む。

「なに置こうかな！　部屋に飾るのもいいけど、リビングや玄関もいいなぁ」

いらないとは言われなかったので安堵したものの、やることはもうひとつあった。

生徒たちはほとんど帰宅しただろうし、今なら目撃される可能性も低い。

「行きたい場所があるんだけど」

立ち上がった俺を、望月がきょとんとした顔で見上げた。

「北原くん、どこ行くの？　昇降口の方じゃないよね」

「……望月が行きたがっていた場所」

「私が？」

すぐに思いつかないということは、望月にとってあまり重要なことではなかったのかもしれない。それでもせっかく鍵をもらったんだし、俺も一度くらいは行ってみたい。そんな好奇心もあって、屋上に続いている階段を上がっていく。

「こっちってもしかして……」

鉛色のドアの前まで着くと、望月は不思議そうにしながら首を傾げる。

「鍵ないと屋上って出られないよ」

「知ってる」

　ポケットから取り出した銀色の鍵で解錠して、硬いドアノブに手をかけた。重たいドアを開けば、開放感のある青空が広がっている。

「なんで北原くんが鍵持ってるの？」

「先輩からもらった」

「ええ！　そんなことある？」

　彼女が屋上に行きたがっているからという理由で鍵をもらったなんて恥ずかしくて絶対に言えないので、詳しく聞きたがる望月を適当にかわしながら、屋上に足を踏み入れる。

　青緑色のフェンスに囲まれている屋上は、ただ広いだけでなんにもない。だけど柔らかな日差しと、冷たく澄んだ風が心地いい。

「屋上だ〜！　夢みたい！」

　望月が叫びながら、両手を広げる。子どもみたいにはしゃいでいる姿に、頬がゆるんだ。どうやら喜んでもらえたらしい。

「見て、雲の流れが今日は速いね」

　空を指差しながら、望月が顔を上げる。そこまで強風ではないけれど、風で雲が押し流されているように見えた。

「私が屋上に行きたがっていたこと、覚えていてくれたんだね」

「……憧れるって言ってたから」

「屋上は解放されていないって知ってたんだ。だから、本当は無理だと思ってたの」

「卒業まで、望月が鍵を自由に使っていいよ」

俺は屋上の鍵を望月に差し出す。鍵さえあれば、何度だって望月は屋上に来ることができる。けれど、望月は受け取らなかった。

首を横に振って、「私は持っているべきじゃないよ」と微笑む。あんなに屋上が気に入っているように見えたのに、鍵を受け取らないのは意外だった。

「これは北原くんがもらったものでしょ。大事にしなくちゃ」

「でも俺は特に使うことないから」

先生に見つかったらまずいものなので、持っていたくないというのもあるかもしれない。無理に押しつけるのはよくないので、鍵はポケットの中にしまった。

「北原くん」

太陽を雲が覆うと、あたりが薄暗くなる。先ほどまで晴れていたのに、雨でも降り出しそうだった。

「金魚が死んじゃったとき、目の前が真っ暗になったんだ。……死んじゃうことがこんなに怖いなんて思わなかったの」

突然の身近な死に触れて、不安に襲われたそうだ。当たり前の日常が崩れていく恐怖から手芸部に行くことを避けて、昼食も別々に食べようと言ったらしい。

「自分が死ぬのも怖いけど、死を目の当たりにするのも怖い」

俺に背を向けた望月は、微かに肩を震わせているように見える。

「北原くんがいなかったら、私はなにもできなかった」

あのときは青白い顔をした望月を見て、俺がどうにかしないといけないと思った。

だけど、俺ひとりの力ではない。顧問の先生の協力があって、無事に金魚を水槽からすくい上げて埋めてあげることができた。

「顧問の先生に今日会ったら元気そうで……いつまでも引きずってるのは私だけなのかも。こんなんじゃダメだよね」

「心の傷の形も、深さも人によって違うから、誰かと比べる必要なんてないよ」

あのとき金魚の死に直面した俺たちだって、まったく同じ傷ではないはずだ。

それに顧問の先生だって、元気そうに見えるだけで、かわいがっていた金魚が死んでしまって心の中ではひどく落ち込んでいるかもしれない。

「立ち直り方も傷が癒える速度も、人によって違うから」

だから、周りのことなんて気にせず、望月の速度で傷を癒やしていってほしい。

「金魚が死んでショックなのに、友達と過ごしていると笑っているときがあって、こんな自分に嫌気がさしてたの」

「それはいけないことではないだろ」

望月が言いたいことはわかる。だけど、ずっと悲しみ続けていたら心が壊れてしまうはずだ。

「そうやって少しずつ、心を癒やして受け入れていくんだと思う。だから、楽しいことがあったら笑ったっていいんだよ」

「……うん」

細長い灰色の雲からポツポツと雨が降ってくる。けれど望月はその場から動くことなく、俺に背を向けて立っていた。

「魚の小物置き、嬉しかった。大事にするね」

「……それならよかった」

「屋上に連れてきてくれたのも、すごく嬉しい」

足元を濡らした雨は水玉のような柄を描いていく。髪を伝って落ちてきた滴がまつ毛に触れて、目を擦る。

「全部、私を元気づけるためにしてくれたんだよね」

次に目を開けたとき、太陽を覆っていた雲が流れて、光が放射状に降り注いでいた。

「ありがとう。北原くん」

振り返った望月は笑みを浮かべていて、頬には涙か雨かわからない滴が伝っていた。

風になびいた髪は天使の輪を描き、雨粒の光が弾けて落ちる。

「見て！ 天使の梯子《はしご》！ 雲の隙間から、陽の光が放射線状に差していることを言うんだって」

「へぇ……綺麗だな」

望月から目が離せない。雨が降っているのに晴れているという珍しい光景を目の当たりにしたからなのか、望月が泣いているように見えたからなのかわからない。

それに心臓の鼓動が波打ち、呼吸が浅くなる。

「こういうの見るとさ、なにかいいことがありそうな気がするよね！」

以前、放課後の教室で望月が言っていたことを思い出した。

《視線を奪われて心臓の鼓動が速くなったら、それは――》

始まりは、いつからだったかわからない。

たぶん少しずつ心は傾いていたのだと思う。

第五章　夜空のアクアリウム

「あれ……」

朝、ベッドから起き上がろうとして体に異変を感じた。手足が浮腫んでいて、体がいつよりも怠《だる》い。ベッドに再び横になる。

漠然とした不安とともに、私の命が刻々と削られていっているのだと思うと、目の前が真っ暗になった。

お母さんたちの話を聞いてしまってから、覚悟をしていたはずなのに。今まで当たり前にできていたことが、ひとつずつできなくなっていくことで、覚悟は崩れていく。きつく目を瞑《つぶ》って、傍にあったクッションを抱きしめた。

このまま消えることができたら楽になるのかな。

けれど、脳裏に北原くんの姿が浮かんで目を開ける。

北原くんのことを考えると、もう少しだけ生きることにしがみつきたくなった。

授業中も、休み時間も気がつけば目で追っていて、登校するときは近くにいないかなと探してしまう。学校に行くのが楽しみで、昼休みになると落ち着かなくなっていた。

それに私が以前ノートに書いたことを覚えていてくれて、屋上に連れていってくれたのも嬉しかった。まさか北原くんが私の願いを叶えるために鍵を手に入れてくれるなんて、思いもしなかった。

初めて行った屋上は思っていたよりも広くて、開放感があった。

薄暗い雲が覆って少しだけ雨が降ったけれど、風ですぐに雲は流れて晴れ間が見えた。太陽に照らされた雨粒は輝いていて、すごく綺麗で今も鮮明に覚えている。

ローテーブルの上にある魚の小物置きに視線を向ける。北原くんからもらった宝物だ。なにを置こうかなと悩んで、結局なにもまだ置いていないけれど、眺めているだけで幸せな気分にしてくれる。

スマホの二度目のアラームが鳴った。

そろそろ起きないといけない。けれど、やっぱり体が怠い。まったく動けないほどではないけれど、学校に行っても授業に集中できる気がしなかった。

お母さんにスマホで体調があまりよくないとメッセージを送ると、すぐに部屋に来てくれた。

「学校、休もう。先生には連絡をしておくから」

ひどく心配した顔でお母さんが私の頭を撫でる。

「ごめんね、お母さん」

「なに言ってるの。いいから、今日はゆっくり休んで」

リビングくらいは行けるのに、お母さんは食事を部屋に運んでくれた。

一日ベッドで横になっているように言われて、ぼんやりと天井を眺めながら過ごす。

残された金魚は元気だろうか。

私が椿と雪と名づけた手芸部の金魚は、椿の方が死んでしまった。元気だったはずの金魚の椿が突然死んだことへのショックと、私も近いうちにこうやって突然死んでしまうんだと思うと怖くてたまらなかった。

北原くんと椿を埋めた翌日、手芸部の顧問の先生と廊下で会った。私に気づくと先生は、申し訳なさそうに声をかけてきた。

「亡くなった金魚を埋めてくれてありがとね」

「いえ……」

ほとんど北原くんがしてくれたので、私はただ付き添っていただけだ。あのとき北原くんがいなかったら、きっと私はなにもできずにいたと思う。

「ひとりになって寂しいかしら。新しい子を飼うか迷っているのよね」

次はどんな金魚を飼うか、色は違う方がわかりやすいかとか楽しそうに話をしている先生を見て、私は心の一部が凍っていくような感覚がした。

「それとあの子、最近太ったと思わない？　餌をあげすぎているかもしれないわ」

亡くなってしまった金魚のことよりも、残された金魚と新しい金魚の話をしていることが、私は寂しかった。

先生なりに気持ちを切り替えているのかもしれない。だけど、私は亡くなった金魚のことばかりが頭に浮かぶ。

私が死んだら、こうして話題から少しずつ消えていくのだろうか。

残された人たちは、すぐに前を向いて他に親しい人を作って、穴が空いた場所をパズルのピースのように埋めていくのかもしれない。

そんな勝手な妄想をして、泣きたくなった。

私が死んだあとのことは、知ることができないのに、こんなことを考えるなんて馬鹿馬鹿しい。頭では理解していても、悪いことばかりを考えてしまう。

けれど、ふとしたときに友達と一緒に談笑している自分が、気味悪く感じた。

あんなにショックを受けていたのに、どうして私は別のことで笑えるのだろう。

だけど、それと同時にいつまで私は失った痛みを抱えているべきなのだろうとも思った。


心の中がぐちゃぐちゃで苦しかったとき、北原くんが屋上で言ってくれた。

「そうやって少しずつ、心を癒やして受け入れていくんだと思う。だから、楽しいことがあったら笑ったっていいんだよ」

その言葉で、気づかされた。

私がこの世界から消えたあと、残された人たちにずっと悲しんでいてほしいわけじゃない。矛盾していてわがままかもしれないけれど、忘れないでいてほしくても、私に囚われ続けてほしくない。お母さんやお父さん、大切な人たちには幸せでいてもらいたい。

私は誰かの心に、亡霊として残りたいわけじゃないのだから。

ゆっくりと起き上がって、ローテーブルの上にあるノートとシャーペンを手に取る。

私の感情を上手く言葉にできる気がしなかったし、手紙を残すかは迷っていた。

だけど、一度思うままに書いてみる。

【お母さん、お父さんへ】

今までありがとうという言葉と、私がいなくなっても、ふたりには元気に過ごしてほしいということを綴《つづ》る。

両親に手紙を書く機会はほとんどなかったので、気恥ずかしい。けれど、書いていると目に涙が浮かんできた。

もっと生きたい。自分に未来がないなんて、信じたくない。

高校に入ったばかりなのにお母さんに大学の話をされたとき、面倒だなって内心思っていたけれど、大学にも行ってみたかった。

それに私、もっと早くに自分がやりたいことを口にしてみたらよかったな。

この間、お母さんと料理をしたときすごく楽しかったよ。失敗もしちゃったけど、お母さんと笑っていたあの時間は、私にとって宝物だよ。

お父さんは私が作ったクッキーや料理を涙ぐみながら美味しいって食べてくれて、大袈裟だよって笑ったけど、本当はもらい泣きしそうなくらい嬉しかったんだ。


両親への手紙を途中まで書くと、ページをめくる。今はこれ以上書けなそうだった。

ひとしきり泣いたあと、ティッシュで涙を拭いながら、真っ白なページに視線を落とす。北原くんに手紙を残すべきか迷う。その頃は別れているだろうし、変に残さない方がいいのかもしれない。

それでも今は北原くんへの気持ちをどこかに残しておきたかった。本人に読まれることがなくたっていい。ただ、私の感情を残しておきたい。


【北原くんへ　私と一ヶ月間過ごしてくれてありがとう】

書いては消して、もう一度書き直す。

話したいことはたくさんあるはずなのに、しっくりくる言葉が思い浮かばない。自分の気持ちの整理をするように、渡すことはないメッセージを思いつくかぎり綴る。

すると、スマホの通知が届いた。相手の名前を見ると北原くんだった。

心臓が大きく跳ねる。まさか連絡をくれると思わなかった。

【風邪？】

たった一言なのに口元がゆるんでしまう。ちょっと体調が悪いと返すと、すぐに
【大丈夫？】と心配してくれる。

【少し風邪っぽいだけだから、大丈夫だよ〜！】

授業内容のこととか何通かやりとりをして、授業が始まったのか北原くんからの連絡が途絶えた。

北原くんのメッセージのおかげで気分が上がって、朝よりも体調がよくなってきた気がする。このまま病気も丸ごと消えちゃえばいいのに。

翌朝は昨日ほど怠さを感じず、学校へ行くことにした。

両親はもう一日くらい休んだ方がいいんじゃないかと言っていたけれど、あとどのくらい学校に行けるかわからないので、できるだけ登校したい。

だけど、さすがに体育の授業はもう出られないかもしれない。今まではなんとか耐え切れていたけれど、運動をしたらその日の体力をすべて消耗しそうだ。

七緒ちゃんたちには、どう話そう。最近、風邪気味だからと、とりあえず言ってお

こうかな。何度も休んでいたら変に思われるかもしれないけれど、仕方ない。

病気になって少ししてから、友達に自分のことを話すべきか考えたことがある。

だけど、私は誰にも話さないことにした。

私がいなくなったあと、七緒ちゃんたちはなんで教えてくれなかったのってショックを受けるかな。それでも気を遣われたくないし、できるだけ今までどおりに過ごしたかった。

教室に着くと、クラスの子たちが「おはよ～！」と声をかけてくれる。

「椿、大丈夫～？　風邪ひいたって聞いたけど」

「熱はないから平気平気～！」

なるべく明るい声で返しながら、いつものメンバーが集まっている教卓の方へ行く。

みんなが声をかけてくれて、朝のホームルームが始まるまで談笑をする。私は内心安堵していた。

少しずつ自分の体が病に蝕《むしば》まれていく感覚がするけれど、こうして変わらない日々をまだ送れている。

毎日祈るように、あと少し、もう少しだけとこの日々が続くことを願っていた。

昼休みになると、私は手芸部の部室に向かった。金魚の椿が死んで以来、私は足を運んでいない。

部室の前で立ち止まる。ここへ入るのに緊張するのは初めてだった。現実を受け止めることが怖い。けれど、私にはタイムリミットがあるのだから、いつまでも避けているわけにもいかない。

深呼吸をしてからドアを開ける。中に入ると水槽には雪だけが泳いでいた。本当にもう椿はいないのだなと実感して、胸が痛くなる。

「最近来なくて、ごめんね」

指先でガラスをなぞる。雪は尾ひれをゆらゆらと動かしながら、私の指の近くを通過していった。

ドアが開く音がして「やっぱここにいた」と声がした。振り返ると北原くんがいて、私は目を見開く。

今日は特にお昼の約束をしていなかったのに。

「どうしてわかったの？」

「……教室にいなかったから」

「私のこと探してくれたんだ？」

嬉しくて声を弾ませると、私がからかったと思ったようで、北原くんが顔をしかめる。

「今日は昼のことなんも連絡こなかったから、一緒か別かわかんなかったんだよ」

「そっか、ごめんね」

連絡をしなかったのは、金魚の椿のことがあって手芸部の部室に入れるか自信がなかったから。もしも入れなかったら、次からは別の場所にしようと思っていたけれど、またここに来られてよかった。

「北原くん、せっかくだし一緒にお昼ご飯食べよ」

いつもの場所に座って、ふたりで向かい合いながらお昼を食べる。

「屋上の鍵、望月は本当にいらないの？」

「うん。北原くんが持っていて」

屋上の鍵を私が持っていても、すぐに使えなくなってしまう。だからこの先も学校生活を送る北原くんが持っているべきだ。

「本当にありがとね。すっごくいい思い出になった！　私、雨を綺麗って思ったの初めて」

「天気雨なんて珍しかったな」

「あの瞬間もスマホで写真に残せばよかった」

屋上での思い出話や、北原くんがくれた小物置きの話をしながら、気づいたら自然と笑っていた。北原くんとたわいのない会話をしている時間が楽しくて落ち着く。自分が病気なことを時々忘れてしまうくらいだ。

不意に目が合うと、心臓が跳ねて頬が熱くなる。

北原くんが私の想いに気づきませんように。

私にはもう未来がないのだから、北原くんの重荷になってはいけない。

誰かを好きになるって、こんなにも幸せでせつないことだと、この半月で初めて知った。

北原くんが恋人ごっこをしてくれたおかげで、私は充実した日々を過ごせている。

この時間が残りわずかだと思うと、名残惜しい。

クリスマスを終えて別れたら、私たちはもうここでお昼を食べることも、ふたりきりで談笑することもなくなる。

だから、今のうちに北原くんの姿を目に焼きつけておきたい。

ご飯を食べ終わると、私は真剣な顔で北原くんを見つめる。

「今日は北原くんに話したいことがあります」

「え、なに」

北原くんが口元を引きつらせた。そんなに警戒されると言いづらくなる。けれど、照れたら負けだと思って、私はにっこりしながら告げた。

「私とデートをしませんか」

予想外だったのか、北原くんは固まってしまう。

「……どっかに行きたいってこと？」

頬を赤らめながら、デートという言葉は使わずに聞いてくる。恥ずかしがっている彼を見ていると、私の照れはどこかに吹き飛んでしまった。

「休日デートも経験してみたいなって思って。明日の土曜日は空いてる？」

「……空いてるけど」

「それなら、明日行こ！」

休日まで私といるのを嫌がったら撤回しようかと思ったけれど、特に嫌がる素振りがないので安堵した。

「望月は、どこか行きたい場所ある？」

「クリスマスは私の行きたい場所に付き合ってもらうから、今回は北原くんの行きたい場所がいいな」

「クリスマスに行きたい場所って？」

にやっとして私は、人差し指を立てる。

「イルミネーション！」

「それクリスマスじゃなくても見れるんじゃない？」

「わかってないなぁ～！　クリスマスに見るのが特別でいいの。それとね、一緒にケーキを食べたいの」

北原くんが「そうなんだ」と苦笑する。

彼にとってはたいしたことじゃないかもしれないけれど、私にとっては夢なのだ。

中学の頃、友達とクリスマスパーティーをしても、私だけ夕方に帰っていた。両親からはまだ中学生なのだから夜遅くまで出かけてはいけないと言われていたからだ。友達はみんなで夜はイルミネーションを見に行っていて、その写真を見るたびに羨ましかった。

私もクリスマスにイルミネーションを見に行きたい。そんなふうに思っていたから、北原くんとの恋人ごっこが始まってすぐに最後の日はイルミネーションを見ようと決めていた。

それに今回ばかりは、お母さんたちも夜の外出は許してくれるはず。もしもダメと言われても、強引にでも抜け出す覚悟だけど、それはそれで北原くんに迷惑をかけそうなので、なんとかお母さんたちを説得したい。

「俺が行きたいとこか。うーん」

「北原くんがデートで行きたい場所は？」

「そんなこと考えたことないな」

北原くんはなにに興味があるのだろう。お菓子作りが好きだから、今後の参考になるように美味しいスイーツのお店とか？　それとも他にも趣味はあるのだろうか。

聞きたいことは色々あるけれど、悩んでいる様子の北原くんを眺めているのも楽しかった。私と一緒に出かける場所を真剣に考えてくれていることが嬉しい。


デート当日、キャラメル色のシフォンワンピースとお気に入りの白のトレンチコートを着て、私は北原くんとの待ち合わせ場所に向かった。

今日は前髪もいい感じでまとまっていて、ほんのり目元につけたアイシャドウも綺麗に色づいている。

電車に揺られながら、楽しみでにやけそうになる口元をスマホで隠す。

四十分ほどで着いた駅は人気の商業施設がいくつもあるようで、たくさんの人で賑わっている。この中から北原くんのことを見つけないといけない。ひとまずメッセージを入れておこう。

「望月」

改札を出ると、すぐに北原くんが私に声をかけてくれた。まだ待ち合わせの十分前なのに、先に着いていたみたいだ。

「北原くん、早いね」

白系でまとめている私とは正反対で、北原くんはコートもチノパンも黒で統一されている。私服だからか、普段よりちょっとだけ大人びて見える気がした。

「電車が一本早いやつに乗れたから」

「私は楽しみすぎて、早く着いちゃった！」

冗談だと思ったのか、北原くんには軽く流されてしまう。

昨日の夜だって、今日のことを考えると目が冴えて、寝るのが遅くなってしまった。それなのに今朝はいつもより早く目が覚めた。それくらい私にとって、今日は待ちに待ったデートだった。

駅から徒歩数分の場所にある大きな建物に入ると、八階までエレベーターで上がった。受付であらかじめ購入しておいたオンラインチケットを見せて、私たちは暗幕で隠された通路を進んでいく。

「なんかお化け屋敷に入った気分だね！」

前方に星のオブジェと、青い光に照らされた丸くて大きな水槽が見えてきた。天井にはプラネタリウムのような星空が映し出されている。

北原くんが提案してくれたのは、夜空のアクアリウム。この冬だけの限定のテーマらしく、季節ごとに雰囲気が変わるそうだ。

「北原くん、魚好きだったの？」

「一番よさそうだったのがここだったんだよ。この季節だと外は寒いし、屋内の方がよさそうだし」

　確かに十二月になってから一気に冷え込んだ。相変わらず北原くんはマフラーをしていないけれど、重いから嫌だと言っていたコートを着るようになっている。

「あとは微生物展とか、塩の博物館も楽しそうだと思ったけど」

　どれもおもしろそうではあるけれど、最初のデートには不向きな気がして、思わず笑ってしまう。

「次の彼女とも、デートはこういう場所の方がいいと思うな」

　北原くんが次に付き合うのは、どんな子なんだろう。想像するだけで胸が痛んで寂しくなる。私はその頃、もういないはず。むしろ見ずに済んでよかったのかもしれない。

「次なんて、できる気がしないけど」

「できるよ。北原くんなら」

　眉を寄せる北原くんは、なにを根拠に？　とでも言いたげな表情だった。

「無気力そうに見えて、案外行動派だし」

「別にそんなことないって。面倒くさがりだから」

　足元に流れ星のような光がきらりと流れている道を通過すると、円柱の水槽のエリアに着いた。青くライトアップされていて、ふわふわと浮いているクラゲが幻想的だ。

「私のために屋上の鍵まで入手してくれたでしょ」

「あれは……俺も屋上に行ってみたかったから」

北原くんは鍵を入手した経緯をあまり詳しく話してはくれないけれど、わざわざ先輩に声をかけに行ったらしい。それだけでも間違いなく行動力がある。

いつか北原くんの隣に立つ女の子が、羨ましくてたまらない。

「いいなぁ」

私の呟きを北原くんが「なにが？」と拾って、首を傾ける。

「北原くんの彼女になれる子は、きっと幸せだろうなって思って」

ちょっとぶっきらぼうなところはあるけれど、優しくて寄り添ってくれて温かい。

私が北原くんに惹かれたように、北原くんを好きになる女の子はこの先いるはず。

「……望月は？」

「え？」

「俺と過ごして退屈じゃなかった？」

北原くんは丸い水槽の前で立ち止まる。その横顔は不安げに見えた。

「趣味もないし、話をするのもあんまり得意じゃないから」

彼の視線の先を辿ると、頬がぷくっと膨れている金魚が白い光に照らされながら、水草の周りを泳いでいる。水槽の隣の小さなパネルには、水泡眼《すいほうがん》と書いてあった。

「やっぱり俺にするんじゃなかったって思ってないかなって」

「思わないよ」

彼が不安がっていることを、私は跳ね返すように笑う。

むしろ北原くんに恋人ごっこをしてもらってよかったって思っているくらいだよと言おうとしてやめた。理由を深く聞かれたら、誤魔化せる気がしない。

「それに趣味ならあるでしょ。お菓子作りは、好きじゃないの？」

「お菓子作りは……好きではあるけど、今は趣味と言えるほどじゃない」

「好きで夢中になれるなら、それはもう趣味だよ」

北原くんはお菓子作りの話になると自信がなくなったように、声が弱々しくなる。

以前、話してくれた同級生にからかわれたことが、今も心に傷として残っているみたいだ。本人が本気でやりたくないのなら、無理強いはしない方がいいけれど、心残りがあるように私には見える。

「私、北原くんが作るお菓子大好き！」

彼の手をとって、両手で握りしめた。戸惑った様子で北原くんが体を硬直させたのがわかった。けれど、私は手を離すことなく話を続ける。

「北原くんの手は、すごいよね。あんなに美味しいお菓子が作れるんだもん」

ガトーショコラを食べたときは感動した。ひと口食べた瞬間、ふわっととろけて、甘さもちょうどよくて、今でも忘れられないほどの美味しさだった。

「そんな難しいものじゃ……」

「私は同じものは作れないよ？」

「確かに」

「確かにって失礼すぎ！」

握りしめていた手を離して怒ると、北原くんがおかしそうに笑った。

どうか過去に囚われないで。私の言葉には、たいした力はないかもしれないけれど、それでも北原くんの心に少しでも届きますように。

「青い魚だ！　見て、すっごく……」

次のコーナーに向かって歩いていこうとすると、コートの袖を掴まれた。

「人が多いから」

はぐれないようにという意味なのだろうけれど、手ではなくコートを掴むあたりが彼らしい。

私はそっと指先で北原くんの人差し指を掴んだ。北原くんの体がびくりと動く。

「この中だけでいいから」

恋人ごっこの延長だと受け取ってくれることを願いながら、ちらりと北原くんを見やる。顔を背けていて、どんな表情をしているか見えないけれど、耳が赤くなっていた。

私の言葉に応えるように、北原くんは手をしっかりと握ってくれる。私とは違う体温が手のひらから流れ込んできて、心臓の鼓動が加速していく。

「望月、俺さ」

振り向いた北原くんが、優しく微笑む。

「お菓子作りをもう一度できたのは、望月のおかげだよ。俺の大事なものを、望月が拾い上げてくれたんだ」

私が自分勝手に始めた恋人ごっこだけど、北原くんにとって少しでもいい変化が起こったのなら、この約一ヶ月は無駄ではなかったと思える。

「だから、ありがとう。望月がいてくれてよかった」

目頭が熱くなり、私は息をのむ。

握っている手が、私をこの世界に繋ぎ止めていてくれる気がした。

私がいる意味ってなんだろうと、考えることもあった。だけど、彼がくれる言葉ひとつで、今この時を生きていられることに感謝の気持ちでいっぱいになる。

「私も、北原くんに出会えてよかった」

手を繋ぎながら、私たちはゆっくり歩いていく。

もしも私が北原くんのことを好きだと言ったら、驚かせてしまうかな。

北原くんは私のこと、どう思ってる？

伝えられない感情が降り積もる。もうすぐ別れがくるのだから、絶対に好きだと言ってはいけない。

クリスマスを最後にして、来年からはただのクラスメイトに戻る。それは最初から決めていたことだ。

「次は黄色の魚だな」

正方形の水槽の中の魚は体が黄色で、口先が尖っている。名前はキイロハギというらしい。

「本当だ！　かわいい〜！」

寂しさに押しつぶされそうになった気持ちを切り替えて、私は明るい声を出す。今日は最後まで楽しく過ごしたい。

「水槽の中に流れ星が落ちているみたいだね。どうなってるんだろう」

「たぶん背景に映像を映してるんじゃない」

「そんなこともできるんだ。すごいなぁ」

他にも映画で見たことがあるカクレクマノミや、脚が白くてかわいいホワイトソックスというエビなどがいた。カクレクマノミは特に子どもたちに人気のようで、水槽の前には人だかりができている。

その先を進むと、他にもドーナッ型の水槽の中心に月のオブジェが飾られていて、淡く光っていた。月光に照らされた道を抜けた先には、天の川のエリアがあった。見上げれば頭上には星々が煌《きら》めいている。

「こんな魚、初めて見た」

隣にいるはずの北原くんの声が遠くに聞こえる。

私は相槌を上手く打てているだろうか。楽しいはずなのに、ため息が漏れそうになり、体が怠くて力があまり入らない。

「望月？」

北原くんに呼ばれて我に返る。

必死に記憶を辿ってみても、なにを話していたか思い出せない。あたりを見回すと、星のオブジェの先に暗幕が見えた。もうすぐ出口のようだった。

「ぼーっとしてたけど、大丈夫？」

「うん、平気平気！　今日が楽しみで寝不足だったせいかも」

今朝は体調がよかったはずなのに、疲労感が押し寄せてくる。少し遠出をしたせいだろうか。けれど、夕方までには帰る予定なので、ギリギリ体力は持つはず。

一通りアクアリウムを見て回ったので、私たちは暗幕をくぐって外に出た。

その先の広場にはお土産コーナーがあり、限定グッズがたくさん売られている。

「お土産だ〜！　見ていこ！」

　定番のタオルやキーホルダー、靴下も売っている。どれも魚モチーフでかわいい。中でもひときわ惹かれたのはアクセサリーだった。

「金魚のネックレス、綺麗！」

　銀色の金魚のチャームと青い石がついている。ほしいなと思ったけれど、この先のことを考えてやめた。見るだけにしておこう。

「これ？」

　北原くんがネックレスを指さす。

「うん。あ、これもかわいい〜！」

　話題をそらすように北原くんから手を離して、お菓子の方に行く。アクアリウムを出てからも繋いだままだった手には、彼の熱が残っている。

　お菓子のコーナーは、小瓶に入った星形のキャンディと、金魚の形をしたクッキーが大人気のようだった。クッキーならお母さんたちも食べそうだ。せっかくなので、買って帰るか迷う。突然お土産を買って帰ったら、驚くだろうか。

　今日はなにも言わずに家を出てきてしまった。

　隠していたわけではないけれど、どこに行くのかとか何時に帰るのかとか、デートについて根掘り葉掘り聞かれたくなくて、出かけることを伝えなかった。

出かけたことは、どのみちバレるだろうし、せめて遊びに行くことくらいは言ってと叱られそうだ。それならお土産を渡して謝ろう。

ちょっとでも機嫌をとるために買うなんてずるい気持ちもあるけれど、かわいいクッキーを見たらお母さんたちも喜ぶかもしれない。

クッキーの箱を手に取り、近くにあった銀色の買い物カゴの中に入れた。

北原くんの姿を探すと、お店の端の方で、なにかを真剣に見ていた。

近寄ってみると、そこには五センチくらいの高さの細長いガラス瓶が置いてある。中には変わった色の骨のようなものが入っていた。

透明標本というらしい。説明書きには、魚を薬液につけて体を透明にし、骨を青と赤に染色した標本と書かれていた。

北原くんは小さなエンゼルフィッシュの透明標本を手に取って、じっと見つめてから元の場所に戻した。「気に入ったの？」と聞くと、北原くんが頷く。

「綺麗だなって思う」

「小さいのなら、部屋に置けそうだよね」

「でも魚たちにとって、この瓶は透明な棺《ひつぎ》だよな」

透明な棺。彼の言うとおりかもしれない。人によっては、残酷だと思うだろう。だけど、私には透明な棺は神秘的なものに感じられた。

「暗く冷たい棺の中に入れられるよりも、私も透明な棺に入りたいなぁ」

「普通見られたくないものなんじゃないの」

「私は気にならないかな」

それよりも暗く閉ざされた場所に閉じ込められる方が嫌だ。

「透明な棺があったら、私は大事なものと色とりどりの花で埋めてもらうの。外から見たら、すごく綺麗な棺だと思わない？」

「……望月の感性は俺にはよくわかんない」

「えー、なんでわかんないかなぁ」

北原くんは、もう一度透明標本を手に取ると悩ましげに眉を寄せる。そしてなにかを閃《ひらめ》いたように目を見開いて、透明標本を元の場所に戻した。

「あれ、いいの？」

「今回はやめておく」

「この間、次来たらあるかわからないから、買っておいた方がいいって言ってなかったっけ」

北原くんは透明標本をちらりと見たあと、頷く。

「よく考えてみたら、違うものの方がほしいから。ちょっと、買いに行ってくる」

「そっか。いってらっしゃい」

違うものってなんだろう。疑問に思ったけれど、話す気はなさそうだったので、深くは聞かなかった。私みたいに家族になにか買うのかもしれない。

ひとり取り残された私は、北原くんがさっき持っていたエンゼルフィッシュの透明標本を手に取った。

透明な棺に入れられたエンゼルフィッシュは、保存液の中でゆらゆらと揺れる。青と赤に染まった骨は、照明が当たるとより幻想的に見えた。


お互いに買い物が終わり、お土産店を出る。歩き疲れたので、私たちは施設内のカフェに入った。

テーブル席で向かい合うように座って、メニューを開く。アクアリウム限定のメニューもいくつかあり、私は魚の形をしたカラフルなゼリーが入ったブルーソーダを頼み、北原くんはホットカフェラテを頼んだ。

「綺麗だったね～！ 今回のテーマが冬ってことは、春は桜とかなのかな？」

「たぶんそうなんじゃない。秋は紅葉だったみたいだし」

もっと早くにここを知っていたら、今年の春に見に来たのにと少し残念に思う。

「そうだ！ 二十五日のデートのことも詳しく話し合わないとだね！」

「イルミネーション見て、ケーキ食べるんだっけ。他には？」

「……夜にイルミネーションを見て、一緒にケーキを食べるだけで私は満足かな」

普通の恋人同士なら、クリスマスは一日中デートを満喫するのだろう。けれど、今の私の体力では持つ自信がない。

楽しい話のはずが、思考が暗い方向に引っ張られてしまった。

「やっぱりクリスマスってお店混むよね〜！」

北原くんに悟られないように、私は口の端を上げて、明るく振る舞う。

「ワンホール頼んで、ふたりで半分こしちゃう？」

「食べきれないだろ。それにどこで食べるんだよ」

「公園のベンチ！」

本当はどこだっていい。クリスマスだからっておしゃれなお店じゃなくても、北原くんといられるなら、私にとってそれが最高のクリスマスだ。

「真冬に公園でケーキ食うの？」

私的《わたしてき》にはいい案だと思ったけれど、北原くんとしては却下らしい。他の場所は、家くらいしか思いつかない。私の家に呼んだら、両親は困惑するだろうか。

それともどこかのお店で席を予約する方がいいかもしれない。

注文したブルーソーダとホットカフェラテが来て、会話が一度途切れる。

ブルーソーダはメニューの写真通り、黄色やオレンジ、ピンクなどの魚の形のゼリーが中に入っている。それを長いスプーンですくいながら食べるらしい。北原くんが頼んだカフェラテはハートのラテアートがされていて、かわいい。

北原くんはラテアートに興味津々で、その様子を私はスマホで撮影する。

「変なとこ撮らないで」

「今日の記念！」

アクアリウムの中は撮影禁止だったから、今日の思い出はここくらいでしか撮れない。

「自分を撮った方が記念になるんじゃないの」

「えー、私の写真なんていいよ。その代わり、ブルーソーダ撮っておこっと」

色んな角度で撮影していると、「さっきの話だけど」と声が降ってくる。視線を上げると、北原くんと目が合う。

「俺の家でケーキ食べる？」

北原くんはカフェラテのカップをテーブルに置いた。ハートのラテアートを崩さないように慎重に飲んだのか、まだ形は保たれている。

「いいの？」

「でも家族がいるからうるさいと思う。姉ちゃん、望月に会いたがってたし」

「私に？」

驚いて聞き返すと、北原くんが気まずそうに目を伏せる。

「お弁当作るときに、彼女いるってバレたんだ。そしたら、いつ家に連れてくるんだって、顔合わせるたびに言われる」

嫌そうに話しているけれど、そういう話をするほど仲がいいのだろうなと微笑ましくなった。私はひとりっ子なので、少し羨ましい。

「本当に私がおじゃましても大丈夫なの？」

「うん。一度会えば、姉ちゃんも大人しくなるだろうから」

「じゃあ、クリスマスは北原くんの家におじゃましようかな！」

北原くんのお家におじゃまできるなんて、思いもしなかった。こんな会話をしていると、私たちは本物の恋人同士みたいだ。

「あとはケーキの予約だね。北原くんは、なにケーキが好き？」

私は苦手なケーキはないので、北原くんの好きなケーキにしたい。お菓子作りが得意な彼は、どこのお店のケーキがいいとかこだわりがあるだろうか。

北原くんは、少し考えるように首を捻る。

「チョコレートケーキ以外なら、俺はなんでもいいかな」

「え、嫌いなの？」

もしかしてこの間のガトーショコラも、チョコレートが嫌いなのに無理をして作ってくれたのだろうか。

「いや、そういうわけじゃないんだけど」

北原くんは再びカフェラテのカップを手に取ると、ひと口飲む。そして苦々しい表情を浮かべた。

「姉ちゃんがチョコじゃないと嫌だって言うから、小学生の頃からずっと同じやつなんだよ。だから、クリスマスはなるべくチョコ以外がいいなって思っただけ」

そういえば、中学生の頃に友達もクリスマスはなにケーキにするか兄妹で喧嘩になると嘆いていた。北原くんの家も、そういう喧嘩が毎年起こっているらしい。

「俺の誕生日も込みなのに、一度も希望が通らないし」

「ええ！」

初めて聞く情報に大きな声を上げてしまい、慌てて口を手で覆う。声のトーンを少し落として、「北原くんって二十五日が誕生日なの？」と改めて聞く。

「うん。でも別に気にしなくていいから」

「北原くんの大事な誕生日なのに」

「クリスマスと一緒だからか、俺にとって誕生日ってそんなに特別感ないんだよ」

せっかくだから、プレゼントを渡したい。けれど、北原くんが喜びそうなものはなんだろう。

「北原くんは好きなお菓子とかある?」

「望月、作らなくていいから」

北原くんに警戒された気がして、むっと口を尖らせる。

「私が下手くそなのはわかってるよ」

「そうじゃなくて、わざわざ作るのは大変だろ」

私には彼を喜ばせるようなお菓子は作れないだろうし、見栄えがいい凝ったものも難しい。それならやっぱり市販のものに頼るしかない。

「じゃあ、よく食べるお菓子は?」

「最近はガムとか飴くらいしか食べてないな」

「ガムかぁ」

誕生日にガムは合わない気がする。飴はおしゃれなやつがたくさんあるけれど、誕生日プレゼントとなると微妙だろうか。

ふとあるものを思い出して、口角が上がる。あれならいいかもしれない。

「俺の誕生日は、本当に気にしないでいいから」

当日まで内緒にしておきたくて、私は笑顔で頷いた。

それからクリスマスのことを話し合って、ケーキはショートケーキを北原くんが予約してくれることになった。時間帯はまた今度決めることにして、私たちはカフェを出た。

休憩できたおかげで、体調が少しよくなったように感じる。

「もう一度お土産見てきていい？」

「いいよ」

「すぐ買ってくるから、ここで待ってて！」

北原くんとはあえて別行動をして、目当てのものを購入した。これはクリスマス当日まで内緒にしておこう。

お店の近くのベンチに座っている北原くんを見つけて、歩みを進めていく。

「北原くん、お待たせ……」

視界がぐらりと揺れて、咄嗟《とっさ》に壁に手をついた。そのまま立っていられなくなり、しゃがみ込む。

心臓が激しく脈打ち、まるで自分のものではないような感覚に陥る。目の前が白く点滅して、ぎゅっと目を閉じた。

恐怖のあまり震えだす手を握りしめる。体調がよくなったと思ったけれど、むしろさっきよりも悪化している。呼吸を整えるために深呼吸をしようとしても、上手くいかない。このままではまずい気がした。

「望月!?」

遠くで北原くんの声がする。

どうしよう。北原くんに迷惑をかけてしまう。冷や汗が額や背中に滲《にじ》み、息苦しい。早く……早く落ち着かせないと。

薄目を開けると、いつのまにか北原くんが私の目の前に膝をついていた。

焦った様子で「救急車」と言ったのが聞こえて、血の気が引く。スマホを取り出した北原くんの手を掴む。そこまで大事《おおごと》にしたくない。

「……だめ」

「でも、動けないほど辛いなら呼んだ方がいいだろ」

「ちょっと立ちくらみがしただけ……少し休めば、大丈夫だから……」

めまいは落ち着いてきたけれど、焦りからか汗が止まらない。まさか街中でこんなふうに体調を崩すとは思わなかった。

「とりあえず向こうに座ろう」

ベンチまで行くと、北原くんが私の肩を抱えるようにして支えてくれた。

「寄りかかっていいから」

「……ごめんね」

「気にしなくていいよ。ひとまず落ち着くまで休もう」

今日、改めて自分が病気なのだと痛感した。

こうやって体調を崩す日がこの先増えていき、外に出かけることも困難になるのかもしれない。心臓の音が速くなるたびに、命が削られている気がした。

目を閉じて、深呼吸を繰り返していると落ち着いてくる。だんだん冷や汗も引いてきて、めまいも消えていた。

「少しよくなってきたみたい」

「家まで送ろうか？」

今日は電車で帰れる気がしない。だからといって、これ以上北原くんに寄りかかっているわけにはいかない。

「大丈夫。お母さんに連絡して、迎えに来てもらうね」

私はコートのポケットからスマホを取り出して、お母さんにメッセージを送る。

体調を崩したことや、今いる場所とできれば迎えに来てほしいことを伝えると、すぐに既読になって返事がきた。

【今から向かう】

慌てているのか、返事は一言だけだった。

お母さん、怒っているかもしれない。クリスマスに出かけることを反対されるだろうか。夜に出かけるのがダメだと言われたら、イルミネーションは諦めて、北原くんと一緒にケーキを食べることだけは叶えたい。好きな人と過ごせる最後の日なのだから。

それからしばらくして、お母さんが迎えに来てくれた。急いできてくれたようで、息が上がっている。

「っ、椿！　大丈夫？　どんな症状が出たの？　今もまだ歩けなそう？」

お母さんは私の額や頬に触れながら、心配そうに顔を覗き込んできた。その手はひんやりとしていて、寒い中駆けつけてくれたのを実感して目に涙が浮かぶ。

「来てくれて、ありがとう。今は大丈夫になってきたよ」

ほっと胸を撫で下ろしたお母さんは、私の隣にいる北原くんを見やる。クラスメイトだと言うべきか、彼氏と言っていいのか迷っていると、北原くんが会釈した。

「椿さんとお付き合いしている北原です」

こんな状況なのに、どきっと心臓が跳ねる。けれど、一ヶ月は恋人ごっこをする約束だから、彼氏だと言ってくれたのかもしれない。

お母さんはわずかに目を見開いたあと、複雑そうに微笑んだ。

「そうなのね。……椿ったら、全然話してくれないから初めて知ったわ。北原くんも一緒に車に乗って帰る？」

「俺は大丈夫です。けど、心配なんで駐車場までは付き添います」

ふたりの会話をぼんやりと聞きながら、お母さんと北原くんの手を借りて立ち上がる。体の怠さは消えていないけれど、なんとか歩けそうだった。

時間をかけてゆっくりと歩きながら近くの駐車場まで着くと、私はお母さんの車の後部座席に乗せられた。

「横になって休んでいなさい」

「……うん」

ドアを閉じたあと、私は座席に寝転がる。

すぐに発車することはなく、お母さんは外で北原くんと話をしていた。なにを話しているのか気になったけれど、今は窓を開ける気力すら湧かない。

お母さんの車に乗った安心感からか、瞼《まぶた》が重くなってきて、気づけば眠りに落ちていた。

翌日には私の体調は戻り、ベッドから起き上がって過ごせるようになった。久しぶりの休日の外出で張り切ったことや、睡眠不足などが原因だったのかもしれない。

【ごめんね、北原くん。せっかくのデートだったのに途中で帰っちゃって】

どうしても謝りたくて話したいとメッセージを送ると、北原くんからすぐに電話がかかってきた。

「俺は平気。それより今は？　体調は大丈夫？」

電話越しの北原くんの声はいつもより、ちょっとだけ低く聞こえる。

「うん。今は元気！　昨日の体調不良が嘘みたい」

「無理しないようにな」

北原くんと電話ができることが嬉しくて、ベッドの上に座りながら足をぶらぶらとさせる。なんだかこういうのって恋人っぽいなと思って、口角が上がった。

「大丈夫だよ。たぶん寝不足だったからかも！　アクアリウムが楽しみで、あんまり眠れなかったんだよね」

「望月、本当に無理だけはしないでほしい」

今日はやけに北原くんが心配してくれる。あんな姿を見せてしまったせいかもしれない。今後は体調を崩さないように気をつけないと。北原くんの前では元気な姿でいたい。そうはいっても残されたのはあと一週間くらいだ。

「ねえ、北原くん」

「体調悪くならないうちに、通話はこのくらいにしておこう」

「え……うん。そうだね」

唐突に通話を終わらせようとする北原くんに戸惑う。あまり電話が好きではないのだろうか。楽しかったのは私だけだったのかと思うと、少しショックだった。

「電話してくれて、ありがとね」

「お大事にな」

なんとなく気まずさを感じながら、通話が終わる。画面が真っ暗になったスマホをベッドの上に置いて、ため息を漏らす。

私が体調を崩したせいで、気を遣わせてしまった。


「え、どうして？」

夕食が終わると、両親から来週は学校を休むように言われた。理由がわからず、困惑しているとお母さんは、私をなだめるように肩に手を置いた。

「来週は検査もあるでしょ。どうせもうすぐ冬休みなんだから、少し長めの冬休みに入ったと思えばいいじゃない」

「でも……」

「椿、お願い。安静にしていてほしいの」

ふたりとも真剣な目で私を見つめてくるので、ひやりとする。嫌だと言える空気ではなくて、むしろ不安になるほどだった。

もしかして、私の病状は今外に出ない方がいいほど深刻なのだろうか。聞きたいけれど、聞くのが怖い。

「また動けなくなったら大変だろう」

お父さんの声が強張っていて、叱られているような気分になる。両親の許可を取らずに遊びに行った代償なのかもしれない。

私は自分の体調を甘くみていた。普段だって学校で過ごしているし、半日くらいなら遠出してもなんてことないと思っていたのだ。けれど、ほとんど座って過ごしているのと、自由に動き回って遊びに出かけるのとでは状況が違う。

お母さんにも行き先を伝えずに出かけて、結局迷惑をかけてしまった。

「……わかった」

北原くんとの恋人ごっこの期限はあと約一週間なのに、学校で一緒に過ごすことができなくなってしまった。


翌週、学校を休むと友人たちから心配のメッセージがいくつか届いた。みんなには病院の検査のことは話せないので、風邪をひいてしまったと返事をしておく。

北原くんからも【大丈夫？】とメッセージが届いたので、彼が気にしなくていいように返しておいた。

【私は大丈夫なんだけど、親が心配してしばらく安静にしているようにって言われてるの。だから、気にしないで！】

今はまだ恋人ごっこの期限内だけど、夜に電話したいとかメッセージのやりとりを続けたいとか、わがままを言ったら、困らせるに決まっている。

私はこの一ヶ月間で、すっかり北原くんがいる日常に慣れてしまった。だから、離れる準備をしないといけない。来年学校へ行くときは、私たちはただのクラスメイトに戻る。こうしてメッセージを送ることだってなくなるのだ。

そもそも、私に来年なんてくるのだろうか。

体調が突然悪くなったときのことを思い出すと、不安でたまらなくなる。それに学校を休ませようとする両親を見ていると、相当私の病状は悪いのだろう。

部屋に閉じこもっていると、悪いことばかり考えて気分が落ちる。そして、目の前が真っ暗になっていく。

不安が蓄積して、突然涙が出てくることが増えた。

布団をかぶりながら、なんで私なのかと何度も叫ぶように泣いた。だけど、現実は残酷で泣いてもなにも変わらない。

残された時間を、私は後悔がないように生きたいのに。

第六章

彼女がいない教室

「北原！」

坂本に勢いよく肩を叩かれて、机に倒れるように上半身が傾く。

「いった……なに？」

「さっきから呼んでんのに、ずっとぼーっとしてるじゃん。具合でも悪いの？」

「ごめん、考えごとしてて気づかなかった」

アクアリウムに行った翌週の月曜日から、望月は学校を休むようになった。彼女のいない学校は、分厚い雲が空を覆った日のように薄暗く見える。

「数学のノート見せてくんね？」

「また寝てたんだろ」

俺の指摘に坂本は白い歯を見せながら、へへっと笑う。ため息を漏らしながらも、俺は机から数学のノートを出して、坂本に手渡した。

「サンキュ！　すぐ写すわ！」

坂本は両手を合わせると、すぐに自分の席に戻る。必死に書き写し始めた背中を見て苦笑する。授業中にあのくらいやる気を出せば休み時間は潰れないのに。

　ふと教卓のところで集まって喋っている女子たちの姿が視界に入る。

　いつもだったら、あそこに望月の姿もあった。けれど、彼女は学校を休んでいる。今日でもう四日目だ。

「椿、風邪長いね〜」

　そんな会話が聞こえてきて、望月は仲のいい友人たちにも話していないのだなと察する。

「最近よく風邪ひくよね」

「あれじゃない？　無理なダイエット」

　ひとりが笑いながら言うと、周りの女子たちもそれに同調し始めた。

「だよね！　私も思ってた。椿って、あんまり食べないしさ」

「あんまりってレベルじゃないよ！　この間なんて、おにぎり二口くらいでやめてたよ」

「私、絶対それだけじゃお腹空くんだけど〜！　てか、そこまでしてダイエットする？」

　望月のことをストレートに悪く言ってはいないものの、言葉の端々に棘《とげ》を感じて、気分が悪くなる。

「やめなって」

山口七緒がたしなめるように言うと、他の女子たちは「だって〜」と不満げな声を上げた。

「前から気になってたんだもん。もしかして拒食症とかなんじゃない？」

「え、拒食症ってそんな感じなの？」

「わかんないけど、食べないのってそういうのなのかなーって思って」

他のクラスメイトたちに聞こえているのに、彼女たちはお構いなしといった様子で望月について話している。

おそらく望月を嫌っているわけではない。それは普段から部外者の俺にもわかるけれど、その場のノリで話している女子たちを見ると、不快感を覚える。

以前の俺だったら、イヤフォンでもして会話を遮断していたと思う。けれど、黙って聞き流すことができず、立ち上がった。

そのまま教卓の方へ向かって歩いていくと、俺に気づいた女子たちが顔を見合わせる。どう思われたって構わない。それよりも、望月の話をやめさせたかった。

「人のこと好き勝手に話すなよ」

なにも知らないくせに。面白おかしく話している女子たちを見ていると苛立つ。

「え……別にうちら、悪口言ってるわけじゃないし。ね？」

俺のことを迷惑そうにしながら、女子たちが「だよね」と頷き合う。

「悪気がなければ、なに言ってもいいわけ？」

教室が静まり返り、俺らに視線が集まっているのが嫌でもわかる。けれどもう後には引けなかった。

「さっきの話、望月が知ったらどう思うか考えろよ」

「北原」

坂本が俺の腕を掴んで、間に割って入る。俺を宥《なだ》めるように「落ち着けって」と言うと、横目で女子たちを見た。

「でもさ、俺もああいう話をするのはよくねぇと思う」

普段はふざけている坂本が真剣に言うと、女子たちが黙り込んでしまう。

坂本は俺の肩を軽く叩く。それが俺を落ち着かせようとしてくれているのだとわかり、「ありがとな」と言って、俺は頭を冷やすために教室を出た。

行くあてもなく廊下を歩いていると、後ろから足音が近づいてくる。

「北原！」

振り返ると息を切らしている山口がいた。金色の前髪が持ち上がり、額が丸見えになっている。

「さっきのごめん！　悪気がなくても、それでも話すことじゃなかった」

「俺に謝らなくていいよ」

山口は周りの女子のことも止めようとしてくれていたし、俺は部外者なのに勝手に口を出しただけだ。

「椿、大丈夫？」

「え？」

「風邪、結構長引いてるでしょ」

「……ああ、うん」

一瞬、山口には話していたのかと思ったけれど、やっぱり話していないようだ。それなら俺からは本当のことは言えないので、曖昧に頷くことしかできない。

「早くよくなるといいんだけど」

「……そうだな」

会話が途切れると、山口はもう一度さっきのことを「ごめん」と謝罪してから、教室に戻っていく。

廊下に取り残された俺は、壁に寄りかかるようにしてその場に座り込む。

アクアリウムに行った日、駐車場で望月の母親から病気のことを聞いた。体調を崩したのも病気が原因で、これから先学校でもこういうことが起こるかもしれないと説明される。

だから、望月の異変に気づいたら気にかけてやってほしい。そう俺に話したあと、望月の母親は「それとね」と言いづらそうに一度話を区切った。

数十秒ほどの間を置いてから、言葉を詰まらせながら打ち明けられる。

「椿にはまだ言えていないんだけど……あまり長くないの」

「え……」

長くない。その意味を最初は理解できなかった。けれど、目に涙を滲ませている望月の母親を見て、望月がうずくまった姿を思い出す。付き合うことになった日や、手芸部の部室でうずくまっていたのは、病気が原因だったのかもしれない。

「またこうしてあの子が出かけようとしていたら、教えてくれる？ 体調のこともあって心配だから」

なにかあればすぐに連絡をする約束をして、俺は望月の母親と連絡先を交換した。

車で帰る望月を見送ったあとは、どうやって家まで帰ったのか覚えていない。

頭の中がぐちゃぐちゃで、ひどく困惑していた。望月が病気だということも衝撃だったのに、長くは生きられないなんて。

信じたくない。けれど、望月の母親から告げられた現実を受け止めるしかなかった。

その後、望月の体調は落ち着いたと連絡をもらったものの、二学期は学校を休ませるという報告も受けた。

望月とは恋人ごっこの関係だとは、望月の母親には話せるはずもなかった。

あまり長くないということを、望月はまだ知らないと言っていたけれど、本当は望月も気づいているのではないか。思い返してみると、そう感じる言動が多々あった。

一ヶ月という短い期間の恋人ごっこにこだわっていたのは、最後に彼氏を作って恋愛を経験したいと思ったからなのではないだろうか。

それに、お気に入りのカフェが来年の春までリニューアルで閉店していることを知ったとき、泣きそうになるほどショックを受けていた。

金魚が死んだときに放心して、手芸部の部室をいっとき避けていたのも、自分にも死期が近いと思っていたからかもしれない。

未来の話題をすると、どこか寂しげで諦めていた。

「ちょっと色々あって、もう好きに生きてこうって思ったら、吹っ切れちゃった」

望月の言動の意味を今になって理解していく。

なにかを抱えているのは、薄々気づいていたのに、俺は触れないようにして見て見ぬふりをしていた。

鼻の奥が痛くなって、目を涙の膜が覆う。

「北原くんも自分の気持ちを一番大事にして過ごしてほしいなって」

望月に笑顔でいてほしい。けれど、その方法がわからない。

ただの彼氏役でしかない俺にできることはあるのか、あれからずっと考えている。

余計なことをして、望月を困らせたくない。だけど、このままクリスマスが過ぎて、関わりが途切れてしまうのも嫌だ。

望月がクリスマスケーキを食べたいと言っていたのを思い出す。

「私、北原くんが作るお菓子大好き！」

俺にできることを、ひとつだけ思いついた。

食欲もないだろうし、作ったところで望月が食べられるかわからない。けれど、望月が喜ぶような見た目のクリスマスケーキを作ろう。

涙を拭って立ち上がる。一秒も無駄にしてはいけない。

第七章

星光る夜の願い

二十四日、北原くんにメッセージを送った。

【クリスマスのことだけど、何時からにする?】

明日はクリスマスだ。この日のために私は両親に言われたとおり学校を休むことを受け入れた。それほど私にとって、楽しみにしているイベントだった。

けれど、北原くんから返ってきたのは想像とは違う言葉だった。

【望月の両親は、出かけてもいいって言ってる?】

どうして北原くんが私の両親のことを気にするのかわからなかった。

【体調はもう大丈夫だよ】

【それでも両親に伝えてからにしよう】

私がこの間、体調を崩したからか、北原くんは頑《かたく》なに両親の許可を取るべきだと言ってくる。

返事を書いていると、部屋のドアがノックされる音がした。「はい」と答えるとドアが開かれて、お母さんが部屋に入ってくる。

「椿、ご飯は?」

「……今は食べたくない」

北原くんとのメッセージのやりとりで、すっかり気分が沈んでしまって食欲があまり湧かない。

「お母さん、お願いがあるの」

私の目の前まで来ると、お母さんはベッドの上に腰をかけた。

「どうしたの？」

いざ話すとなると、少し緊張する。クリスマスくらいは許してくれるだろうけれど、この間出かけて体調を崩したのでいい顔はしない気がした。

「クリスマス、少しだけ出かけたいんだ」

「そんな状態で、どこに行くつもりなの？　まさか北原くんと会うの!?」

お母さんは語気を強めながら聞いてくる。私のお願いを受け入れてくれる空気ではなかった。

「お願い。少しでいいから……」

「出かけるってどこに？　どのくらい出かけるつもりなの？　北原くんが椿に会おうって言ってるの？　この間みたいになったらどうするの」

北原くんを責めているように感じて、私は眉を寄せる。あの日のことを誤解しているのかもしれない。

「私が会いたいの。この間だって、北原くんはなにも悪くないよ。一緒に出かけたいって私から言ったんだよ！」

「椿、落ち着いて」

「それにクリスマスはケーキを予約してくれることになってて……」

「北原くんにはお母さんから体調のこと話してあるから、今は安静にしていて。ケーキのこともあとで聞いておくわ」

まるで北原くんと連絡をとっているような言い方が引っかかった。アクアリウムの日に少し会っただけなのに、お母さんと北原くんが連絡先を交換するタイミングなんてあっただろうか。

必死に記憶を辿って、駐車場でのことを思い出す。私が車に入ったあと、ふたりが外でなにかを話していた。交換しているとしたら、あのときだ。

「北原くんと連絡とってるの？」

「迎えに行ったときに連絡先を交換したの」

「どうして？　そんなことする必要あった？」

そこまでお母さんが干渉してくるとは思わなかった。

アクアリウムのデートのことを、北原くんは責められていないだろうか。全部私のわがままで、彼はなにひとつ悪くない。

「彼氏なら、病気のことをきちんと伝えておかないといけないって思ったから」

「え、もしかして……私が病気だってこと言ったの？」

少しの沈黙のあと、お母さんは頷いた。

「なんで……」

心臓がビビ割れるように嫌な音を立てた。それと同時に、北原くんの様子が以前と違っていたことを思い出す。

「なんで北原くんに私が病気だって話したの！」

「事情を話しておいた方がいいでしょう」

お母さんは私たちの本当の関係を知らないから、そう言えるのだ。これは私が始めた恋人ごっこで、北原くんはなにも重荷を背負う必要もなかったのに。

「せめて話す前に私に聞いてよ！」

「話していたら、椿は話さないでって言うでしょ」

「わかってるなら、なんで勝手に話すの！」

胸のあたりが痛い。心が傷ついているのか、それとも心臓の鼓動が激しいせいで肋《ろっ》骨《こつ》が痛みを感じているのかわからない。どうしようもない怒りと、知られてしまった衝撃がぐちゃぐちゃに入り乱れて涙が込み上げてくる。

「残された時間を楽しく過ごしたくて、周りと対等でいたいから話さなかったのに！」

「残された時間って……」

「私、余命わずかなんでしょ」

お母さんは目を見開き、顔が青ざめていく。そして、言葉を失ったまま震えている手で口元を覆った。

「お母さんとお父さんの会話が聞こえちゃったんだ。だから、全部知ってる」

「でも手術ができる可能性もまだあるわ」

私は首を横に振る。

「ドナーが見つかったらの話でしょ」

きっと両親は私を傷つけたくなくて、黙っていてくれたのだろうから、いつか話してくれるときまで、知らないふりをしていようと思っていた。だから、こんなふうに言うつもりではなかったのに、一度感情が溢れ出したら止まらない。

「なんで教えてくれなかったの？　私のことでしょ？　残りの人生の選択くらい私にさせてよ」

「椿、違うの。お母さんたちはただ」

「私だって、もう自分で色々考えて行動できる年齢なんだよ！」

何度も「ごめんね」と言いながら、お母さんは私を抱きしめた。

怒りが収まらなくて、お母さんの腕を振り払おうとしたけれど、鼻水をすする音がして手を止める。

お母さんが泣いている。

そのことが、胸が裂けそうなほど痛い。残された時間の中で、お母さんたちに感謝をたくさん伝えたかったのに、私は泣かせてばかりだ。

私のことを心配しているからこそ、北原くんに伝えた方がいいとお母さんは思ったのだろう。それは私の望んだことではないけれど、これ以上はお母さんを責めることができなかった。

「私も……ごめんね。言いすぎた」

お母さんの手からシャボンの香りがする。以前私があげたハンドクリームの匂いだった。辛いのは私だけじゃない。それなのに私は自分のことばかりで……。

行き場のない感情が涙としてこぼれ落ちた。

その日の夜、私の部屋のドアをノックしたのはお父さんだった。お父さんが私の部屋まで来るのは珍しい。おそらくお母さんからさっきの話を聞いたのだろう。

「今、少し話せるか？」

私がベッドから上半身を起こして頷くと、お父さんはベッドの横に座った。

「黙っていて、ごめんな」

「……うん」

「椿に本当のことを話すのが怖かったんだ」

「私が自暴自棄になると思った？」

お父さんは否定することなく「ごめんな」とこぼした。

まだ高校生の私には、現実を受け止めきれないと両親は判断していたみたいだ。

実際に立ち聞きしてしまったときは、それならいっそ苦しまずに今すぐいなくなってしまいたいと考えたこともある。だけど、結局自ら命を手放す決心はつかなかった。

それよりもむしろ、生きることに対して私は以前よりも執着した気がする。

私が好きなことを好きなだけしたい。少しでも長く元気に過ごしたい。毎日をできるだけ楽しく過ごしたい。そんなこと、自分の余命を知るまでは考えもしなかった。

けれど、好きに過ごすということは、周りに迷惑をかけていいということではない。

お母さんが泣いていた姿が脳裏に浮かぶ。ただでさえ、お母さんとお父さんは私の病気のことで辛い思いをしているのだから、これ以上は悲しませたくなかった。

「明日、検査の結果が出るはずだから」

だから、明日のクリスマスも家にいなさいということなのだろう。

結果なんて聞いても、なにも状況は変わらない。病《やまい》がどのくらい私を蝕んでいるかわかるだけだ。けれど、そんなこと言えるはずもなく、私は口の端をできるだけ上げた。

「わかった」

私の返事を聞くと、お父さんは軽く頭を撫でてから部屋を出ていく。結局クリスマスに出かける許可は下りなかった。

唯一楽しみにしていたことが奪われた気分で、私はベッドの中で布団にくるまって、しばらくぼんやりとしていた。

スマホのディスプレイに指先が触れると、時間が表示される。

あと数分で、今日が終わってしまう。明日は約束の日なので、早く北原くんにメッセージを送らないといけない。

涙で視界が滲みながらも、何度もメッセージを打って消してを繰り返す。どう書いても後悔が残る気がした。それでも送るしかない。

【明日は用事ができて会えなくなっちゃった。ごめんね。ケーキのお金は、新学期に払うね。恋人ごっこに付き合ってくれて、本当にありがとう！ 一ヶ月間、すごく楽しかった。でも、北原くんには色々迷惑かけちゃってごめんね】

返事を見るのが怖くて、スマホの電源をそのまま落とす。涙が両頬を伝って、言葉にならない声が漏れた。

好きって言わない代わりに、最後の日くらいは会いたかった。こんなお別れの形にはしたくなかった。

けれど、私たちの恋人ごっこは、こうして終わりを迎えてしまった。

翌日のクリスマス。私はひとり、部屋のベッドの上に座りながらスマホを開いた。

メッセージアプリの通知が溜まっていて、その中に北原くんの返事があるんじゃないかと思うと、怖くて開けないままだった。

本当だったら、今日は北原くんとクリスマスデートをする予定だったのに。

私の体調さえ、あのとき悪化しなければ、今頃楽しく過ごしていたかもしれない。

カメラロールのアイコンをタップすると、最近撮った画像一覧が表示される。

余命のことを知ってから、私は毎日写真を撮るようにしていた。

特にここ一ヶ月の写真の点数が多く、時々北原くんが写っている。ひとつずつ開いていくと、当時の記憶が蘇る。

告白をして一緒に帰った日の北原くんの姿や、手芸部の金魚の椿と雪。放課後に一緒に居残りした教室の風景や、恋人ごっこ計画を書いたノート。北原くんが作ってくれたガトーショコラやお弁当に、この間のアクアリウムのカフェの写真。どれも思い出が詰まっている。

目に見える世界を残しておきたくて始めたもので、これは私にとっての遺書だった。

誰かに見せようと思っていたわけではないけれど、もしかしたら私の死後に両親が見るかもしれない。そのとき楽しい写真で埋め尽くされていた方が、私がどれほど幸せだったのか伝わるはずだ。

けれど、ちゃんと遺書も書いておいた方がいいだろうか。ノートを開いて、この間両親に向けて書いていた手紙を読み返す。口では照れくさくて言えないことも、手紙でなら伝えられる。

途中で止まっていたので、思いつく限りの感謝の言葉を綴ったけれど、どれだけ書いても足りない。

学校の友人たちには、最後まで話さないと決めている。届くかわからないけれど手紙を書いておこう。黙っていたこと、七緒ちゃんは泣きながら怒りそうだ。だから、ごめんねと前もって謝罪を書いておいた。

最後に北原くん宛に書いていたページを開く。以前途中まで書いたけれど、何度も書き直したので、シャーペンの跡が残っている。

読み返すと、もっといい言葉がある気がして、空いている部分に言葉を足してみる。それでも納得のいく手紙が書けなかった。

悩んだ結果、長々と思い出を書くのではなく、今の気持ちを綴った。

そして手紙を書き終え、ページを破って折りたたむ。

本人に伝わることはないとしても、私の想いまで捨てたくない。

アクアリウムで買ったキャンディの小瓶を開けて、あるものを手紙と一緒に透明な袋の中に入れて隠した。私の本当の気持ちは、誰にも見つからなくていい。

北原くんに渡そうと思っていたプレゼントだけど、今日が終われば渡すことはない。

廊下の方から走ってくるような足音が聞こえてきて、私は目を瞬かせる。なにかあったのだろうか。

ノックもなく、勢いよく私の部屋のドアが開くと、お母さんが抱きついてきた。

「どうしたの？　お母さん」

「椿！　手術を受けられることが決まったって、今連絡がきたの！」

「え？」

ドナーが見つかるはずがないと心の中で諦めていた私にとっては、耳を疑うような言葉だった。お母さんは泣きじゃくりながら「よかった」と何度も繰り返す。

呆然としていると、あとから部屋に入ってきたお父さんが説明をしてくれた。

病院の先生から電話がきて、検査の結果、適合するドナーが見つかったと言われたそうだ。これで私は手術を受けることができるらしい。

奇跡が起こったと喜んでいる両親を見つめながら、私ひとりだけ心が追いつかなかった。

本当に助かるのだろうかと半信半疑で、手術をしたとしても長生きができるのかもわからない。嬉しいはずなのに、戸惑いの方が大きかった。

両親は私が当然手術を受けるものだと思って、話を進めている。せっかくチャンスが舞い込んできたのに、手術に不安を感じていて怖いだなんて言えなかった。

両親は手術に向けて入院の準備を早速し始めた。けれど、買い足さなければいけないものがあったようで、慌ただしく車で買い物に出かけていく。

部屋にひとりぼっちになった私は、ベッドの上に大の字で寝転がる。

漠然とした不安が心を支配していく。本当に無事に手術が成功して、ここに戻ってこられるのだろうか。以前自分の病気について調べてみたとき、再発しやすいと書かれていた。たとえ手術が成功したとしても、再発したらどうなるのだろう。

悪い方向にばかり考えてしまって、私は両頬を手で軽く叩く。せっかく希望が見えたのだから、前向きに考えよう。

手術が成功したら、私はまた学校生活が送れる。バイトもできるかもしれないし、北原くんへの恋も諦めなくてもいいかもしれない。

だから、私の手術が成功しますように。そして、元気にこの先も生きていけますように。私は指を組んで何度も願った。

夕方の六時を過ぎた頃、家の駐車場に車が入る音がした。お母さんたちが買い物から帰ってきたみたいだ。少しして部屋のドアがノックされる。

「椿、北原くんが来てくれたわよ」

お母さんの一言に私は目を丸くした。

「え？　どうして北原くんが？」

彼は私の家を知らないはずだ。困惑する私にお母さんが「北原くんに連絡したのよ」と言った。どうやら北原くんが本当の彼氏だと思っているお母さんは、報告しておいた方がいいと思って連絡を取ったらしい。

「それでね、椿に渡したいものがあるって言うから、買い物帰りに迎えに行ったの」

「なんで、うちに連れてくるの⁉　せめて事前に教えてよ！」

「さっき椿に連絡したわよ」

メッセージアプリを通知オフにして閉じていたので、気づかなかったみたいだ。

部屋着のままで、慌てて私はぼさぼさな髪を手櫛《てぐし》で整える。この格好で北原くんの前に出るのは恥ずかしい。

「ほら、待たせてないで入れてあげて」

廊下を覗くと、外気で冷えたのか鼻から頬までほんのり赤く染まっている北原くんがいた。驚きのあまり叫びそうになって、口を両手で覆う。

そんな私を見て、北原くんが苦笑した。まさか廊下にいるとは思わなかった。

一方お母さんは、温かい笑みを浮かべながら「ゆっくりしていってね」と言って、リビングに入っていく。

「連絡したんだけど、返事がなかったから」

「……アプリ開いてなくって」

自分のしたことを改めて考えると、自己嫌悪に陥る。

恋人ごっこをしようと言って一ヶ月振り回したくせに、クリスマスの約束を突然断って、最後まで私は北原くんに迷惑をかけてしまっている。

「ごめん、急に来て」

「ううん、私の方こそ返事してなくてごめんね。……入って」

北原くんを部屋に入れると、なんともいえない気まずい沈黙が流れる。

着替えたかったけれど、今更どうにもならない。変な格好って思われないだろうか。

それにベッドの上も綺麗に整えておくんだった。

「体調は大丈夫?」

北原くんと会うのはアクアリウムで体調を崩して以来だ。それから学校を休んでいたので、約一週間会っていないだけだけれど、すごく久しぶりな気がしてしまう。

「私の病気のこと聞いたんだよね」

「勝手に事情を聞いてごめん」

「お母さんから話したんだろうし、北原くんは気にしないで」

今までありがとうと直接言いたいのに、言えない。口に出したら、私たちの関係は本当に終わってしまう。

「……どうして来てくれたの？」

「クリスマスだから、会いに来た」

北原くんは手に持っている紙袋から、白い箱を取り出す。そしてそれをローテーブルの上に置いた。

「これ、よかったら一緒に食べよう」

白い箱から連想できるのは、ケーキだった。ひょっとしたら予約していたケーキを持ってきてくれたのかもしれない。

「開けてみて」

どんなケーキを予約したのだろうとワクワクしながら箱を開けると、フルーツがのったホールケーキが入っていた。

真っ白な雪のような生クリームのケーキで、苺とラズベリー、ブルーベリーやマンゴーなどフルーツがたくさん上にのっている。フルーツは透明で艶《つや》やかなゼリーのようなものにコーティングされていて、キラキラして見えた。

「……綺麗」

「ありがとう」

北原くんの返答に目を見開く。

「え、もしかして北原くんが作ったの？」

「うん。どうせなら俺が作ろうと思って、当日まで内緒にしてようと思ってたんだ」

私はクッキーを作るだけですごく大変だったのに、このケーキを作るために北原くんはどのくらいの時間をかけてくれたのだろう。

「難しそうだったら、無理して食べなくていいよ」

「食べたい。……北原くんと一緒にクリスマスを過ごしたい」

一度は諦めたクリスマスを、北原くんは叶えてくれようとしている。そのことが嬉しくて、目頭が熱くなった。

「じゃあ、準備しよう」

「準備？」

北原くんが鞄から取り出したのは、星の形の電飾だった。部屋に飾りつけるらしい。きっとイルミネーションを見たがった私のために用意してくれたのだろう。

飾りつけてから部屋の電気を消すと、暗闇で星々が淡く光る。アクアリウムで見た星のオブジェよりも小さいけれど、私にはこの星の光の方が輝いて見えた。

世界に私たちしかいないような、静かで温かな夜。

瞬きをすることすら惜しく感じて、星の光と北原くんの姿を目に焼きつける。

あれを渡すなら今かもしれない。

私はベッドの横に置いていた袋を手に取って、星の形をしたキャンディが入っている小瓶をローテーブルの上に置く。

「北原くん、お誕生日おめでとう」

「……気にしなくてよかったのに」

これは誕生日とクリスマスプレゼントのふたつが入っている。だけどサプライズにしたいので、今は内緒にしておこう。

「ありがとう。飾っておく」

「ええ！　賞味期限、切れちゃうよ！　大事に食べてね」

北原くんは嬉しそうに微笑んで、鞄に小瓶をしまう。気に入ってくれたみたいだ。

「俺からも、プレゼント」

目の前に小さな正方形の箱が置かれる。布製のしっかりとした箱で、中に入っているものの予想がつかない。

「開けていい？」

「うん」

箱を開くと、中身を見て息をのむ。銀色の小さな金魚のチャームと青色の石のネックレスだった。

「これ……」

アクアリウムのお土産を見たとき、私がかわいいって言っていたやつだ。

「望月に似合いそうだなって思ったから」

あのときは、この先のことを考えて買うのを諦めてしまった。けれど、些細な会話を覚えていてくれたことに涙が溢れ出てくる。

クリスマスに会いに来てくれただけでも幸せなのに、手作りのケーキとほしかったネックレスのプレゼントまでもらえて、私は幸せ者だ。

「北原くん、ありがとう。大事にするね」

ネックレスを早速つけようとしたけれど、涙で視界が滲んで上手くできない。

「貸して」

北原くんが私の後ろに回って、ネックレスをつけてくれた。金魚のチャームを指先でなぞり、北原くんに見せる。

「どうかな」

「似合ってる」

褒めてもらえたことがお世辞でも嬉しくて、頬がゆるんだ。病気になってから、おしゃれをすることが少なくなっていたので、アクセサリーなんて久しぶりにつけた。

「ケーキ食べよう」

北原くんは使い捨てのプラスチック製のフォークと紙皿を袋から出す。気を遣って持ってきてくれたみたいだ。

「切った方が食べやすいよな。包丁借りてこようか」

「ううん、このまま食べようよ！」

「え、このまま？」

「だって、こんな経験二度とできないと思うんだよね！」

私の提案に、北原くんは少し悩んだあと「まあいいか」と呟いて、私にフォークを手渡してくれる。

「好きなだけ食べて」

「いただきます！」

星の電飾が光る中、私は真っ白なホールケーキにフォークをさす。スポンジと生クリームをたっぷりとすくって頬張る。

「ん〜！　美味しい！」

生クリームは甘さ控えめで、スポンジと中のクリームは苺の味がする。北原くんによると、苺のパウダーを使っているそうだ。

「切らずにホールケーキを食べるなんて、初めて！」

「俺もこんなことしたことないや」

ホールケーキの形はどんどん崩れて、上にのっていたフルーツの雪崩《なだれ》が起こる。

「あ、北原くん！　苺転がる！」

「うわ、危なっ」

転がりかけた苺を北原くんがフォークで見事にキャッチして、私たちは笑い合う。

好きな人と過ごす何気ない時間はかけがえのないもので、この瞬間が、幸せっていうのだろうなと思った。

せっかくのホールケーキなのに、私は少ししか食べられなかったけれど、残りはすべて北原くんが食べてくれた。

「冬休み中、金魚は先生が家に連れて帰るって言ってた」

「そっか、それなら安心だね。夏休みは先生が毎日、学校に行っていたみたいなんだけど、冬休みはどうするのかなって気になってたんだ」

話題は尽きないのに、私たちは時折、数秒無言になる。空気がいつもとは違っていて、お互いに話すべきことがわかっているからかもしれない。

「あのね、北原くん」

彼に言わせるべきではない。これは、私から切り出さないといけないことだ。

「私ね、病気がわかってから、死ぬ前に一度でいいから恋愛がしてみたいと思って、それで北原くんに声をかけたの」

ロッカーに手紙を入れたときは、一ヶ月後に別れるのが名残惜しくなるなんて想像もしていなかった。

「巻き込んじゃって、ごめんなさい」

楽しかった日々を思い出しながら、涙をぐっと堪える。本当の気持ちを隠して、私は口角を上げた。

「一ヶ月付き合ってくれて、ありがとう。今日でもうお別れしよう」

泣いちゃダメ。彼の重荷にならないように、最後は笑顔でお別れをしたい。

「望月は、俺と別れたい？」

言葉の意味を理解できなくて、私はなにも返せなかった。別れないといけないと思っていたので、別れたいかを聞かれるのは予想外だった。

「俺は、明日も明後日も、望月の彼氏でいたい」

私たちは恋人ごっこの関係で、北原くんが重荷を背負う必要なんてない。

「私の病気のことを気にしているなら、大丈夫だよ」

同情なんてしてほしくない。私から声をかけて巻き込んでしまったことだけれど、一ヶ月という約束が終わるのだから、北原くんは私から解放されて自由に生きてほしい。

「同情じゃない」

「私と別れにくいとかだったら、気を遣わなくていいんだよ」

私の手を北原くんが握る。その手は微かに震えていた。

「俺は望月と一緒にいたいんだよ」

彼の目は光を集めたようにキラキラとしている。光の粒が彼の頬を濡らしたのを見て、それが涙だとわかった。

「好きだから」

瞬きをすると、涙がこぼれ落ちた。

「でも……っ、私」

北原くんには幸せでいてほしい。繋いだ手を離さなければいけないのに、離すことができない。

「未来のことは、これから一緒に考えよう」

彼の優しさに触れて、決意が揺れる。手術ができることが決まっても、私の未来がどうなるかはわからない。それでも欲を出していいのだろうか。

頬を濡らす涙を北原くんが手で拭ってくれる。

暗闇の中で光る星の電飾のように、北原くんの存在は私にとって優しい光だった。

「私も……北原くんが好き」

声を震わせながらやっとの思いで口に出せた。けれど、彼を縛ってしまいそうで怖くて、さらに涙が溢れ出てくる。

すると、北原くんが引き寄せて抱きしめてくれた。

「ありがとう」

お礼を言いたいのは私なのに、北原くんは何度もありがとうと繰り返す。家族以外の人に、こんなにも愛情を向けてもらえたのは初めてだった。


ベッドの下で並んで座りながら手を繋いでいると、自然と涙が引いていく。彼の温もりは私に安心感を与えてくれる。

「手術のことお母さんたちは喜んでるけど、私はちょっとだけ怖いんだ」

淡く光る星の電飾を眺めながら、私は両親には話せなかったことをぽつりと漏らす。

「たとえ手術をしても、長生きできるかはわからないし、私にみんなみたいな未来はあるのかなって」

再発する確率も高い病気だと聞いて、あまり希望は持ちたくなかった。希望を抱いたあと、突き落とされるのが一番怖い。

「本当はこういうとき、気の利いた言葉で励ますべきなんだろうけど、俺は無責任なことは言えない」

大丈夫だよとか上手くいくよと言わないのは北原くんらしいなと思う。その場しのぎの言葉より、ずっといい。

「でも不安なときは、いつでも連絡してほしい。俺が何時間でも話を聞くから」

「……夜中かけるかもしれないよ」

「いいよ」

「私が寝るまで電話していてくれる？」

「うん。夜ふかしは得意な方だから平気」

面倒なことを言っているのに、北原くんは嫌な顔ひとつしない。今だって十分幸せなはずなのに、彼といるとどんどん欲が出てくる。

「北原くん、私がこの世界からいなくなっても……」

覚えていてくれる？

続きを口にしようとしてやめた。こんなの呪いのような言葉だ。いつ死ぬかわからない私が覚えていてほしいと言ったら、北原くんの心にトラウマのように残ってしまう。

「もしも私がいなくなったら、そのときは私を忘れて幸せになってね」

寂しいけれど、彼の幸せを想うのなら私という過去に囚われるべきではない。

「忘れることはないよ」

北原くんがはっきりと告げる。

「望月は俺が出会ってきた中で、一番強烈な人だから」

「なにそれ。強烈って、私そんなことした？」

ふっと笑みがこぼれる。北原くんもつられるように笑う。

「突然恋人ごっこをしてほしいって言ってきただろ。俺から見た望月は、そんなこと言い出すように見えなかったから、かなり驚いた」

あのときは私の命が燃え尽きる前に、クリスマスまで付き合ってくれる人がほしかった。偶然、北原くんたちの彼女がほしいという会話を聞いてよかった。

聞いてなかったら、私は北原くんに声をかけなかったかもしれない。

「今年はショートケーキだったから、来年のクリスマスは望月が好きなケーキを作るよ」

「本当に？　じゃあ、ブルーベリーのタルトがいいなぁ」

「わかった」

「楽しみにしてるね！」

来年の約束があるだけで、心が浮上した。生きる意味なんて難しく考えなくても、ほんの些細な約束があれば、それだけで支えになる。

「俺さ、もう一度パティシエを目指してみようと思う」

お菓子作りのことになると少し前まで自信がないように見えたけれど、今の北原くんは決意を固めた眼差しをしていた。

「このクリスマスケーキを作りながら思ったんだ。俺はやっぱりお菓子を作るのが好きで、唯一夢中になれるものだって」

あまり自分のことを話したがらない彼が、将来のことを私に打ち明けてくれて嬉しい。もしも私が長生きできたら、パティシエになった北原くんを見ることができるだろうか。

「だから、毎年望月の誕生日とクリスマスは俺がケーキを作るよ」

「それってプロポーズみたいだね」

冗談交じりに言うと、北原くんは「そうだよ」と真剣な表情で答えた。

「俺が望月に振られるまでは、作り続けるよ」

目尻から涙がこぼれ落ちて、私は泣きながら笑う。

「それなら、一生作らなくちゃいけなくなるよ?」

「俺はそのつもりだけど」

いつまで生きられるのか、そして付き合いがどのくらい続くのか。私たちの未来は誰にもわからない。

それでも初めての一生の約束は、星のように煌めいている。私は今夜のことを絶対に忘れない。

「北原くん」

彼の服の袖を引っ張る。

「……抱きしめて」

大きな腕が私を包み込んでくれた。私は泣きながら、北原くんに寄りかかるように抱きつく。温かくて優しくて、愛おしい、私の大好きな人。

私が恋人と初めて過ごすクリスマスの夜は、涙が出るほど幸せだった。

北原くんが帰ったあと、家族で夜ご飯を食べた。テーブルにはクリスマス用のチキンと、野菜たっぷりのポトフや、おかゆなどが並んでいる。私の体調のことを気遣って、消化にいいものも作ってくれたみたいだ。

「椿、無理はしなくていいからね」

「大丈夫だよ。チキンなんて久々だから嬉しいな」

チキンをひと口かじると、涙が出そうなほど美味しかった。最近体調を崩していたから、揚げ物の旨みが体中に染み渡る。もっと食べたいけれど、胃もたれしそうなのでふた口くらいでやめておく。

「北原くんのね、ケーキすっごく美味しかったよ」

私の話を、お母さんたちは嬉しそうに笑みを浮かべながら聞いてくれた。

今日はお母さんもお父さんも明るくて、家の中の空気がいつもとは違っている。きっと私の手術が決まったからだ。

せっかく用意してくれたのにご飯を残してしまったけれど、クリスマスの雰囲気を少しでも味わえて嬉しかった。

席を立つと、軽くめまいがした。けれど両親にはバレないように平静を装う。あと少しだけ耐えたら、手術を受けられる。体の不調に心が押しつぶされないように、私は必死に心の中で自分を励ました。

体調のことがあるので早めに眠ろうとしたけれど、部屋の電気を消してもなかなか寝付けない。

この一ヶ月、すごく楽しかった。余命を知ってから毎日が息苦しくて、ひとりになると涙とため息ばかりが出ていた。けれど、そんな私の日々が変わったのは、北原くんとの恋人ごっこが始まってからだ。

恋をして、私は幸せを教えてもらった。

起き上がって、北原くんがくれた星の電飾のスイッチを入れる。部屋の中に優しい明かりが灯った。

今年のクリスマスは、思い出がたくさん詰まっている。

来年はブルーベリータルトを作ってくれると言っていたから、私もなにか作れそうだったら、北原くんにお菓子を作ってみようかな。

そんなことを考えて微笑んでいると、体が鉛のように重たく力が入らなくなっていく。今日は色々なことがあって疲れているせいかもしれない。

起きていられなくなり、顔から崩れ落ちるようにベッドに横向きに沈んだ。

……あれ？

いつもの不調とは違う気がする。体の向きを整えたいのに、全身に力が入らない。

だんだんと呼吸が浅くなって息苦しい。

目頭に溜まった涙がこぼれ落ちて布団を濡らしていく。

嫌だ。……あと少しだけ待って。

そしたら、私の未来は変わるかもしれないのに！

泣き叫びたいのに声すら出ず、涙で濡れる唇を噛み締めた。

もう一度力を入れようとするけれど、腕を持ち上げることすらできない。辛うじて指先が動くけれど震えてスマホを握れない。

心臓が私にタイムリミットを告げている気がする。もしかしたら、今日まで待っていてくれたのかもしれない。

涙で滲んだ星の電飾の光を眺めながら、私はゆっくりと瞬きをする。

伝えたいことは、全部手紙に綴っておいてよかった。

お母さんたちは、ノートに気づいてくれるだろうか。北原くんも隠しておいた手紙を見つけてくれますように。

私、神様なんて今まで信じたことはないけれど、もしもいるとしたら、最後に願いを叶えてください。

私の大切な人たちが、健康で元気に過ごせますように。

私がいなくなって、忘れられたら寂しいけれど、それよりもみんなには笑顔でいてほしいから、どうかみんなの心を守ってください。

そして、北原くんの夢が叶いますように。

エピローグ

雨が音を立てて降っている。窓が濡れていて、外の景色が滲んで見えた。

空気の入れ替えができず憂鬱《ゆううつ》な気分になりながら、引っ越し作業を再開する。

ベッドの横には段ボールが三つ。そのうちのひとつは、まだ詰めている途中だった。

専門学校を卒業して、就職のタイミングで一人暮らしを始めることになったものの、なにを持っていくべきか引っ越し直前まで悩んでいる。極力荷物を減らしたい。でも、あとで必要になって実家に取りに来るのも面倒だ。

今のところ思いつくのは、お菓子作りの本と衣類くらい。ベッドやテーブルなどは新しく買い直す予定だった。

それともうひとつ持っていくものといえば、机の横の棚にある小さな水槽。

高校を卒業するタイミングで引き取った赤い金魚は、尾っぽだけ白いのが特徴的で、ここ数年で餌をあげすぎたのか丸々太った気がした。指先を伸ばすと寄ってきて、口をパクパクさせる。この水槽ごと父さんに車で運んでもらう予定だ。

机の荷物を片付けようとしたタイミングで、ポケットに入れていたスマホが振動する。画面を確認すると、高校時代の友人の坂本の名前が表示されていた。

「もしもし」

電話に出ると、坂本の明るい声が響く。

「北原！　今って家にいる？」

「うん。持っていく荷物を決めてるところ」

「あ、そっか。引っ越しかぁ。じゃ、飯は今度誘うわ」

坂本とは高校一年の頃は仲がよかったけれど、そのあとクラスが離れてからは一度疎遠になった。けれど、偶然にも卒業後に俺の家の近くで坂本が一人暮らしを始めたので、定期的に会うようになっている。

「てか、引っ越しっていつするんだっけ」

「明日」

「え、間に合うのかよ」

「たぶん、大丈夫」

机にはそんなに荷物はないし、空いている段ボールの中に持っていく荷物は入るはず。

「北原って面倒くさがりっていうか、マイペースだよな」

坂本は呆れたように笑ったあと、「そうだ！」と声を上げる。

「誕生日ケーキ、彼女がすげぇ喜んでた！　ありがとな。味もすげーうまかった」

先週、坂本の彼女が誕生日だったので、サプライズにケーキをあげたいと頼まれた。坂本から彼女の好みを聞いて、苺をたっぷり使ったタルトの上に、チョコレートで作った桜を飾りつけた。見た目も味も彼女からは好評だったらしい。サプライズが成功したようで、作った甲斐があった。

「北原がパティシエを目指してるって高校の頃は全然知らなかったから、進路聞いたときびっくりしたなぁ」

「俺も一度は諦めたんだけど……応援してくれた人がいたから」

彼女の姿が脳裏に浮かんで、目を伏せる。

「落ち着いたら、飯行こう」

「うん。じゃあ、また」

通話を切って、スマホを机の上に置く。

高校一年生のクリスマスの夜、望月は息を引き取った。

望月の両親から連絡がきたときは耳を疑った。手術が決まったばかりで、まさかこんなことが起こるなんて思いもしなかった。

クリスマスは夜の七時までふたりで過ごしていて、毎年クリスマスケーキを作る約束もした。それなのに、もう二度と会えないなんて信じられなかった。

あまりにも突然の別れを受け止められず、心が壊れたように涙すら出てこなかった。けれど、学校で望月の友人たちが泣いている姿を目にしたり、坂本や手芸部の顧問の先生に慰めの言葉をかけられたりして、嫌でも現実を突きつけられた。

望月椿は、もういない。

俺の隣で無邪気に笑って、真面目なのに時々自由奔放な彼女は、どこを探してもいなかった。

彼女とのわずかな思い出に縋《すが》るように、前を向いて夢を叶えようと必死になった。それが俺にできる唯一のことだったから。

お菓子作りの勉強を再開し、進路も製菓の専門学校を選んだ。無事に洋菓子店に就職先が決まって夢に一歩近づくことができた。

部屋に陽の光が差し込み、まぶしさに目を細める。窓を開けると、まだ外は雨がぽつぽつと降っていた。

灰色の雲の隙間から、光が放射状に降り注いでいる。まるで屋上で望月と見た天気雨のようだった。

天使の梯子だとはしゃいでいた彼女の姿が鮮明に蘇る。

「こういうの見るとさ、なにかいいことがありそうな気がするよね！」

心の中で、そうだなと返す。望月が俺の門出を祝ってくれているような気がした。

空気の入れ替えのため窓を開けたまま、作業を再開する。早いところ準備を終わらせてしまおう。

机の上に視線を向けると、彼女から最後にもらった星の形のキャンディが入った小瓶が目に留まる。食べることができず、賞味期限が過ぎてしまった。

ちょうど小瓶に陽が差し込み、小瓶の中のカラフルなキャンディの隙間でなにかがキラリと光った気がした。

不思議に思って、小瓶を覗き込む。キャンディではないものが入っているように見えた。

蓋を開けてキャンディを取り出すと、透明なビニール袋が入っていた。その中には、小さな透明標本と折り畳まれた紙。

これには見覚えがある。望月と一緒に行ったアクアリウムのお店で売っていたエンゼルフィッシュの透明標本だ。俺が望月にネックレスを買っていたように、望月も内緒で俺に買ってくれていたみたいだ。

「透明な棺があったら、私は大事なものと色とりどりの花で埋めてもらうの。外から見たら、すごく綺麗な棺だと思わない？」

色とりどりの星のキャンディの中に隠された透明標本。望月が言っていた透明な棺の話を思い出す。彼女のことだから、それを連想してこのプレゼントを選んだような気がした。

折り畳まれた紙を開いて、息をのんだ。そこには、雪椿の絵と望月の筆跡でメッセージが書いてあった。

【北原くんへ
今日は私たちが付き合って一ヶ月記念だよ。

あっという間だね。北原くんは、この一ヶ月どうだった？

私たちの始まりは両想いでもなんでもなく、恋人ごっこ。

今思うと、おかしな始まりだったよね。あのときは、驚かせてごめん。

いつのまにか私の中で、北原くんの存在が大きくなって、とても大切な人になっていました。

ねぇ、北原くん。

私に恋を教えてくれて、ありがとう】

涙を堪えながら微笑む。

「教えてもらったのは、俺の方だよ」

同じ教室にいても目すら合わせたことがなかった俺たちの突然始まった恋人ごっこ。最初は戸惑うこともあったけれど、望月が笑うとつられて俺も笑っていて、無邪気な言動に振り回される日々もいつのまにか楽しいと感じていた。

たった一ヶ月だとしても、俺にとってかけがえのない時間だった。

紙に書かれた彼女の綺麗な字と不格好な雪椿の絵を見て、懐かしい記憶が蘇る。

「私たちの名前ってくっつけると、花の名前になるんだよ」

「え、でも望月は単体でも花の名前じゃん」

「そうだけど、そうじゃなくて！　ほら、見て」

もう二度と戻れない、日が傾き始めた放課後。彼女はノートに描いた雪椿の絵を俺に見せながら、花言葉もロマンチックなのだと話していた。

そのことを思い出して、スマホで検索をかけてみる。

〝変わらぬ愛〟。表示された言葉を見て、涙がぽたりとこぼれて画面を濡らしていく。

望月への想いを、過去として受け止めるべきだと思っていた。けれど、どんなに時が流れても風化することはない。

開いていた窓から風が吹き抜けて、机の上からなにかが落ちる。

それは少し皺になっている水色の封筒だった。中を開けると、一枚の便箋が入っている。

あの日、この一通の手紙から俺たちの関係が始まった。戻れないからこそ、思い出は今も鮮明に輝いている。

まぶしいほどの望月の笑顔が浮かんで、涙が頬を伝う。

「同じ相手に、もう一度恋に落ちるなんて運命って感じがしない？」

あのときはわからなかった意味が、今になって理解できた。

世界の片隅で、そっと恋が息をする。

もう二度と会えない彼女を想って。

この物語はフィクションです。実在の人物、団体等とはいっさい関係ありません。

丸井とまと先生へのメッセージは
WEB サイトのメッセージフォームより
お寄せください。

双葉文庫
パステルNOVEL
ま-30-01

世界《せかい》の片隅《かたすみ》で、そっと恋《こい》が息《いき》をする

2025年3月15日　第1刷発行

著　者　丸井とまと

発行者　島野浩二

発行所　株式会社双葉社
〒162-8540 東京都新宿区東五軒町3番28号
［電話］03-5261-4818（営業部）03-5261-4835（編集部）
双葉社ホームページ（双葉社の書籍・コミックスが買えます）
https://www.futabasha.co.jp

印刷所　中央精版印刷株式会社

製本所　中央精版印刷株式会社

フォーマット・デザイン　日下潤一

デザイン　横山 希

イラスト　萩森じあ

落丁・乱丁の場合は送料小社負担にてお取り替えいたします。「製作部」宛にお送りください。ただし古書店で購入したものについてはお取り替えできません。
［電話］03-5261-4822（製作部）
定価はカバーに表示してあります。

ISBN978-4-575-59001-2 C0193
Printed inJapan